チンピラ犬とヤクザ猫

神奈木 智

幻冬舎ルチル文庫

C O N T E N T S ✦目次✦

チンピラ犬とヤクザ猫

✦カバーデザイン＝chiaki-k（コガモデザイン）
✦ブックデザイン＝まるか工房

イラスト・三池ろむこ✦

チンピラ犬とヤクザ猫

藤波和音《ふじなみかずね》の二十七年に亘《わた》る人生は、暴力と生傷に彩られている。

物心ついた頃より売られた喧嘩《けんか》は買い続け、受けた傷は舐《な》めて治してきた――というのは少々大袈裟《おおげさ》だが、まぁそれに近い生活は送ってきた。おまけに、自分が手負いになって悲しんだり心配したりする身内は早くに亡くしていたので、現在では暴力そのものが生業《なりわい》となっている。要するに「芸は身を助ける」というやつだ。ちょっと意味は違うかもしれないが、和音の強さは芸と呼んでも差し支《つか》えないだろう。

欠点らしい欠点と言えば女のような名前だが、ろくな思い出も残さずこの世を去った両親がたった一つ与えてくれたものだ。正直気に入らなかったが、譲歩することにした。周囲の人間には「藤波さん」と呼ばせているし、下の名前を口にしようものなら容赦はしない。だから、実質ないのも同然だ。それなら、気に病む必要などなかった。

「……チカ」

銜《くわ》え煙草《たばこ》が気怠《けだる》く上下し、やや掠《かす》れた声が喉《のど》から漏《も》れる。吸いすぎですよ、と口喧《くちやかま》しく言われるのは煩わしいので、和音はさっさと続きを口にした。

「川田《かわた》組の動きはどうなってる？　相変わらず、コソコソ動き回ってんのか」

「そのようですね。野郎、なかなか尻尾《しっぽ》を摑《つか》ませません」

「けっ、ドブネズミが人のシマでちょろちょろと。目障りなんだよ」

ふーっと長く煙を吐くと、すかさず脇《わき》に控えていた若者が灰皿を差し出す。だが、和音が吸い殻を押し付けるより先に側近の花房一華《はなぶさいちか》が若者を殴り倒していた。

「てめぇ、ちゃんと仕事してんのか？　灰皿、汚れてんだろうが。あァ？」

「す、すいませんっ。すぐ洗って……」

「手ェ抜いてんじゃねぇぞ」

真っ青になって謝る若者へ、花房はついでの蹴《け》りをお見舞いする。そのくせ口調は冷ややかで、欠片《かけら》も乱れていないのが不気味だった。彼は和音より八歳も年上で、その分ヤクザの世界に長く身を置いている男だが、どういうわけか進んで和音の下に付きたがり側近の位置に収まった変わり種だ。本人曰《いわ》く「自分はナンバーツーが一番落ち着く」らしいが、その言葉を信じるようになれるまで二年はかかった。

「チカ、すぐ隣で大声出すな。おまえの声は頭に響く」

「申し訳ありません。若いもんの躾《しつけ》も、俺の大事な仕事ですから」

「おまえ、極道育てるのが趣味だもんなぁ」

ははは、と乾いた笑い声で揶揄《やゆ》すると、花房は何も言わずににんまりと笑んだ。そういう和音自身が、十五歳で現組長に拾われて二十五歳で今のシマを任されるようになるまで花房に教育されたのだ。言わば、極道の世界における育ての親も同然だった。

「おい、片づけとけよ」

床へ落とした吸い殻を踏み躙《にじ》り、和音は台所から戻って来た若者へ言いつける。六階建ての雑居ビルの一角に事務所を構えてはいるものの、構成員は僅《わず》か三十人の小さな組だ。それでも、上からシマを任されたからには意地でも守り通さねばならない。そういう意味では、やはり花房を従えているのは大きかった。

「道っ端で携帯弄《いじ》ってるちまっとした奴、あれは川田が子飼いにしてるチンピラだろ。木山《きやま》、目障りだから掃除しとけ。徳岡《とくおか》、小笠原《おがさわら》、引き続き川田の様子を探ってこい」

「わかりました！」

窓際に立って汚れた路地を見下ろし、和音は淡々と指示を出す。ついでに窓ガラスに映った自分の顔が視界に入り、不愉快そうに眉《まゆ》をひそめた。和音は、自分の顔が嫌いなのだ。

ヤクザらしからぬ、線の細い美貌《びぼう》。切れ長の涼やかな目元には、右に泣きぼくろがある。小作りな顔に絶妙のバランスで配置された目鼻立ちは、愛想のない表情を艶《つや》やかで冷たい宝石のように思わせた。加えて雑な生活に些《いささ》かも影響を受けないさらさらの黒髪が、本人の性格とは裏腹なたおやかさを滲《にじ》ませる。要するに、どこからどう見ても複数の舎弟を抱えるヤクザには見えないのだ。

「……ふん」

何かと舐められがちな容姿のせいで、どれだけ屈辱を受けてきたことか。そこそこの地位を築いた今でこそ禁句となったが、お蔭《かげ》で和音は人一倍容姿の話に敏感になった。たとえ褒め言葉であろうと、うっかり「綺麗」だなどと口走ろうものなら半殺しは免れない。和音の周囲で名前と顔の話題は、二大タブーとなっているのだった。

「藤波さん、今晩から警護を一人増やします。外出の際は、必ず連れていってください」

苛々《いらいら》して窓ガラスに背を向けた直後、いつの間にか後ろに立っていた花房に面食らう。コンプレックスを見透かされたようで決まりが悪くなり、和音はプイと横を向いた。

「大袈裟な。川田が、俺に鉄砲玉使うと思ってんのか」

「用心のためです。あの男は、個人的にも藤波さんを苦々しく思っていますからね。本来、ここいらのシマは川田が狙《ねら》っていた。逆恨みもいいところですが、あいつに理屈の通じる頭はありません」

「決めたのは組長だ。恨むんなら、そっちにしろってんだ」

「もっともですが、口を慎んでください。藤波さんが今あるのは、組長の引き立てあってこそです。あの方は、藤波さんを高く買っているんですから」

「………」

花房の真面目《まじめ》くさった声音《こわね》には、自分たちを束ねる『日向組《ひゅうがぐみ》』組長、日向鉄司《てつじ》への尊敬が溢《あふ》れている。無論、和音とて異論はないが、今更な御託など聞きたくなかったのでわざと返事をしなかった。

（ああ、面倒くせぇ）

胸の中でウンザリと呟《つぶや》き、ガリガリと右手で頭を掻《か》く。腕力だけで渡っていけるほど極道社会も単純ではなく、物を言うのはやはり金とコネだ。どちらも持っていなかった和音が出世したせいで、色仕掛けだの組長の男妾《おとこめかけ》だのとさんざん陰口を叩《たた》かれた。日向組長は「気にするな」とむしろ面白がっていたが、和音はそう呑気《のんき》にしてもいられない。

（現に、川田みてぇなねちっこい野郎に目をつけられるしよ。チカはますます喧しいし、シマん中じゃ小競り合いが日常茶飯事だ。あんまりゴタゴタが長引けば、系列の幹部連が乗り出してきてシマごと持ってかれちまう）

中に飛び込んでみてわかったが、ヤクザというのは見事な縦社会だ。

和音は『日向組』から看板分けして事務所を構えたが、その『日向組』は全国でも指折りの規模を誇る指定暴力団『六郷会《ろくごうかい》』の傘下に入っている。ちなみに因縁の相手『川田組』も同じ系列で、要するに身内同士で反目し合っている状態だ。決して外聞が良いとは言えず、『六郷会』幹部連の耳に入る前に事を収めたいところだった。

「こんなとこで足元掬《すく》われちゃ、日向組長に恩返しもできねぇからな」

「でしたら、尚更《なおさら》身辺には注意してください。くどいようですが、川田は手段を選ばない奴です。自分より若い藤波さんがとんとん拍子に伸《の》し上がるのを、いつまでも指を銜えて見ているはずがありません。この二年間、どれだけ騒ぎを起こしてきたか……」

「ああ、まったくだ。チカ、そろそろカタをつける頃合いかもしれねぇな」

「カタ……と言いますと？」

わかっているだろうに、花房はわざと惚《とぼ》けた返答をする。しかし、その口許《くちもと》には酷薄な笑みが刻まれ、今にも破顔しそうだった。

「おまえ、根っからの祭り好きだなぁ」

少々呆《あき》れて笑い返し、和音は新たな煙草を唇に銜える。

すかさず花房が自分のライターを取り出し、ソツなく火をつけた。限定版の金のデュポンか、と一瞬目を留め、いかにもこいつらしいと苦笑いが出る。花房はヤクザらしい金のかけ方をする男で、スーツは銀座の一級品、靴はイタリア製、小道具は金と決めている。物にまるきり執着のない和音とは、いかにも好対照な存在だった。

「さてと、今日も働くとするか」

深々と煙を吐き出し、和音は壁で吸い殻を揉《も》み消した。


霧島陽太《きりしまようた》の二十四年に亘る人生は、逃避と忍耐に彩られている。

決して好戦的な性格とは言い難《がた》いのに絡まれやすく、そのため喧嘩を売られそうになると全身全霊で回避するのが日常化していた。お蔭で、逃げ足にだけは自信がある。中学までは陸上部に所属していて、百メートル走で十一秒という大会記録を出したこともあった。

だが、持ち前の要領の悪さから窮地に陥ることもある。そういう場合は先手を打って、自ら降参の旗を振ってきた。それでも許しを得られない時は、覚悟を決めて何発か殴らせてやる。痛くてもやり返そうなんて夢にも思わなかったし、とにかく暴力と名のつく行為は一切合財苦手だった。

「それなのに……」

うららかな平日の午後、友人と待ち合わせしている公園で幼児用の柵《さく》に腰かけながら陽太は溜《た》め息を漏らす。視線の先は、右手の携帯電話に向けられていた。たった今、友人から画像付きのメールが入ったのだ。

「啓《けい》ちゃん、バカだなぁ。何、やってんだよ」

送られてきた自分撮りらしき画像の中で、友人の星野啓一《ほしのけいいち》は鼻血を出し、右目の周りを青黒い痣《きず》で腫《は》らしながらニカッと笑っていた。続くメールには『ヤボ用で行けなくなった。ごめん』とある。大方、またどこかのチンピラか不良学生に絡まれて、ボコボコにされたに違いない。陽太と違って、彼は弱いくせにやたら敵に噛《か》みつくのだ。

「ちゃ・ん・と・治療・しろ・よ……と」

送信、とボタンを押し、もう一度溜め息をついた。

つまらない理由で高校を中退し、まともな職に就くこともできず、居たたまれなくなって実家を出た挙句、辿《たど》り着いたのが現在の場所だ。啓一も似たり寄ったりな境遇で、出会ってすぐにつるむようになった。そうして、彼の紹介で街を仕切る『川田組』の幹部に可愛《かわい》がられるようになり、使いっ走りとして小遣いを貰《もら》って暮らしている。あれほど暴力は敬遠していたのに、流されるままに今日まで来てしまった。

ピルピル、とメール受信の音が鳴る。啓一から返信が来たようだ。陽太は再び携帯電話を開き、新たに添付されてきた画像に目を落とした。

『フォルダ漁ってたら、懐かしいのが出てきた』

治療はどうしたよ、と心の中でツッコみつつ、自分と啓一のツーショットに苦笑する。画像は二年くらい前のもので、確か今の携帯電話に変えた記念にとか言われて無理やり撮られたのだ。ちょうど『川田組』の雑用をこなすようになった頃で、当時の啓一は「いずれ正式な構成員になる」とやたら張り切っていた。

「変わってないなぁ……俺たち」

半分は自嘲《じちょう》を込めて、陽太は小さく呟いてみる。

デカいのとチビ、と兄貴分たちにはよく揶揄されるが、百九十近い長身の陽太と百七十そこそこの啓一は並んでいるだけで目立つコンビだ。写真でも頭一つ分は差があり、啓一が微妙に嫌な顔をしているのが可笑《おか》しかった。

「もう二年か……」

改めて振り返ってみたが、がっくりするほど無為な日々だ。写真に映る自分は眉をへの字に下げ、冴《さ》えない未来を知っているかのように居心地の悪い顔をしていた。実際、体《てい》よくヤクザに使われてはいても盃《さかずき》を受けるわけでもなく、相変わらず立場は中途半端なままだ。もともと陽太は『川田組』に入ろうとは思っていなかったし、かといって堅気《かたぎ》で生きる踏ん切りもつかず、結局はチンピラどまりなのが現実だった。

「………」

ふと間近に視線を感じ、ハッと我に返る。気がつけば四、五歳と思《おぼ》しき男の子が、物珍しげにジッとこちらを覗《のぞ》き込んでいた。平日の真昼間に、二十歳過ぎの青年がうらぶれて公園で座り込んでいる図はかなり異質に見えたのだろう。

「……何?」

物問いたげな視線に耐えかねて、渋々と声をかけてみた。どういうわけか、陽太は昔から子どもと動物に好かれやすい。高校時代にちょっとだけ付き合っていた彼女が言うには、見事なまでに相手の警戒心を解《と》いてしまうのだそうだ。

『何だかねぇ、陽太くんの目って邪気がないのよねぇ。和《なご》むって言うかぁ』

そうして、同じ理由であっさりと振られた。危険な香りゼロな男に、女はときめかないのだそうだ。嫌なことまで思い出した、と渋面になっていると、幼児が思い切ったように口を開いた。

「あのさ、これあげる」

「え？」

「ぼく、もうおうちにかえんなきゃいけないんだ。でも、おかしもってるとおかあさんにおこられるから。だから、むしばがなおらないのよって。はい、あげる」

「………」

差し出された小さな手のひらには、包み紙に包まれたキャンディが一つ乗っている。リンゴのマークが描かれているのは、フレーバーがリンゴ味だからだろう。

「ようちえんで、ゆみかちゃんがくれたの。ゆみかちゃん、これだいすきなんだって」

「へぇ、そんな大事なもの人にあげちゃっていいのか？」

「だって、おにいちゃんおなかすいてるんでしょう？」

「え……？」

「おなかすいて、こまったかおしてたから」

はい、と目の前に右手をぐいぐい出され、陽太は呆気《あっけ》に取られつつキャンディを受け取った。別段空腹ではなかったが、そんなに情けない顔になっていたかと気恥ずかしくなる。男の子は満足げに笑うと、そのままたったと駆け出した。

「まいったな……」

何とも言えない複雑な気持ちで、貰ったキャンディを握りしめる。燻《くすぶ》る思いの正体を見つめようともせず、自分自身からも隠すようにして今日まで暮らしてきた。けれど、そんな生活にはそろそろ見切りをつける時期かもしれない。まだ勇気は持てないが、自慢だった俊足が錆《さ》びつかないうちに、どこかへ踏み出すべきなのだ。

——でも、どこへ。

「とりあえず……啓ちゃんの見舞いか」

間髪容《い》れずに浮かんだ言葉を、独り言でごまかして立ち上がる。

ジャケットのポケットへキャンディを放り込み、陽太はだるそうに歩き出した。

今こいつを口へ入れたら、とんでもなく苦いだろうと思いながら。

1

残暑を引きずった九月が過ぎ、不気味なほど平和に十月も終わった。和音の組が迎撃態勢に入ろうとした出鼻を挫《くじ》くように、『川田組』がぴたりと不穏な動きを止めたからだ。

「どうせまた、ろくでもないこと企《たくら》んでやがるに決まってます。引き続き、身辺には注意を怠らないでください」

用心深いチカはそう言うが、和音の護衛に付いた構成員たちは明らかに気が緩み始めている。シマ内の風俗店やキャバレーの見回り、経営するローン会社やノミ屋の集金など、なにぶん小さな組なので和音が自分で動くことも多く、いきおい危険も多いわけだが、ここ最近はすっかり平和な顔つきになっていた。

「藤波さん、次は山峰《やまみね》さんの店でいいんすよね？」

「いや、その前にちょっと寄るところがある。手前で降ろしてくれ。小笠原、先に店へ行って車つけておけ。すぐ向かうから」

「え、じゃあ徳岡も一緒に降ろしますよ」

運転手の小笠原が慌てたように言い、助手席の徳岡が無言で頷《うなず》く。だが、和音はそれを一笑に付すと、「父兄参観じゃねぇんだ、いらねぇよ」と断った。

「ですが……花房の兄貴にも、念を押されてますし」

「安心しろ、言いつけたりしねぇから。第一、おまえらが何の役に立つんだよ。腕っぷしなら、俺の方が数倍は上だろ。何なら、今すぐ試してみるか？」

「じょ、冗談きついっすよ！」

ニヤニヤ笑ってからかうと、二人揃《そろ》ってたちまち青くなる。彼らは花房が護衛に任じるくらいだからそこそこ機転も利くし度胸もあるが、喧嘩の強さは何と言っても場数だ。そういう意味では、和音はけっこうな猛者《もさ》と言っていい。花房は以前に武道を嗜《たしな》んでいたので例外としても、大抵の相手には負ける気がしなかった。

くれぐれも気をつけて、と言い残し、和音を降ろした小笠原は車を走らせる。『川田組』の連中は仁義などクソ食らえとばかりに他人のシマを荒らしまくるが、狼藉《ろうぜき》が目立つのはやはり繁華街方面だ。しかし、今和音がいるのは夕暮れの住宅街なので小笠原たちも多少は安心しているのだろう。

「ここら辺だと思ったんだけどなぁ」

住宅街と言えば聞こえはいいが、ここは旧市街の真ん中で古い家やアパートが密集するゴミゴミした区画だ。水商売の人間や老人、引っ越しを嫌う下町気質《かたぎ》の住人など和音には居心地の良い人種が多く住むが、花房はこの辺を「不景気が移る」と嫌っていて寄りつこうともしない。だから、こうして一人で歩き回れる時でないと来られないのだ。

「まさか、ガセってことはねぇよな」

適当に歩き回っていた足を止め、大きく伸びをする。

人づてに、この辺に腕の良い彫り師がいると耳にした。和音は、僅かな情報を頼りにそいつを探しに来たのだ。今日びヤクザに刺青《いれずみ》を彫るのは法律で禁じられており、なかなか優秀な彫り師は捕まらない。外見で舐められるのは不本意だが、自前の顔を変えられない以上、せめて竜か虎《とら》でも肌に飼おうかと常々考えていたのだ。

だが、いくら狭い区画とはいえ住所の見当もつけなかったのは無計画すぎたようだ。看板でも出していないかと安易に期待したが、それらしい建物は見つからない。仕方ない、今日はこの辺にしとくか、と嘆息した直後、ジャケットの裾《すそ》をつんつんと引っ張られた。

「誰だっ？　……って、おいガキかよ」

凄《すご》みを帯びて振り返った先で、幼稚園くらいの男の子が真っ青になっている。これが同業者なら気配ですぐさま臨戦態勢を取るところだったが、相手に殺気の欠片もないので少しも気がつかなかった。

「何だよ。用事がないなら放せ。皺《しわ》になるだろ」

「あの……あの……」

「あぁ？」

「あの、ねこがね、すきまにはいっちゃってそれで」

「猫ぉ？　それが、俺に何の関係があるんだよ」

「う……」

苛々と睨《にら》み返すと、大きな黒目にみるみる涙が溜まり始める。それでも裾を握って放さないのは、恐怖で硬直しているからだろうか。自慢じゃないが、和音の顔の良さと反比例した目つきの悪さは自他共に認めるところだ。

「ああもう、泣くなっ。鬱陶《うっとう》しいガキだなっ」

「ねこ……にゃーにゃーって。でられないってないてて、ぼく……」

「…………」

「……ねこ、たすけて」

涙声で訴えられ、和音の中で何かが動いた。

気の荒さは一級だが、意味のない暴力は振るったことがない。今どき古風な、と笑われても「弱きを助け強気を挫く」の信条は常に心にある。その延長上に、今の自分がいた。そんな和音にとって、「たすけて」は無視できない一言なのだ。

「わかったよ」

ちら、と腕時計に視線を走らせ、五分で片づけると胸で呟く。あまり戻りが遅いと、護衛の小笠原たちが心配するだろう。案内しろ、と幼児に命令すると、彼はたちまち涙を引っ込めて「こっち」と裾を引っ張り出した。

「どうでもいいけど、服を引っ張んなって言ってるだろが」

「あのね、こっちなの」

「人の話ちょっとは聞けや、こらァ！」

味方だと思われたのか、今度は幼児も怯《ひる》まなかった。ぐいぐいと勇んで先を歩き、すぐ近くの薄暗い路地に入り込む。古びた雑居ビルの間にできた、横幅二メートルほどの道をしばらく進むと、確かに右手の方から掠れた仔猫《こねこ》の鳴き声が聞こえてきた。

「ここだよ！」

「どらどら」

面倒臭《くせ》ぇなぁ、と溜め息を漏らし、仕方なく地面に膝《ひざ》をつけて建物の隙間《すきま》を覗き込む。暗くてよく見えなかったが、小さな影がぷるぷる震えているのは視認できた。挟まって身動きが取れないのではなく、どうやら警戒して動けずにいるようだ。

「どうかな、おにいちゃん。ねこ、でてくる？」

「そうだなぁ。食いもんか何かあれば、楽勝じゃねぇか。つか、おまえどうするんだ？」

「え？」

「猫が出てきても、おまえ責任持てんのかよ。家で面倒みられるのか？」

「めんどう……？」

「飼えるのかってことだよ」

要領を得ない返答に、殊更つっけんどんに和音は言った。幼児はそこまで考えていなかったらしく、キョトンとした顔でこちらを見返している。

「あのなぁ、クソ坊主。最後まで責任持てないなら、中途半端に手を出すな。向こうは、まだ俺たちを信用してない。ここで手を差し伸べて期待させといて、後は勝手にしろ、は奴らにゃ通らねぇんだよ。猫だって、そんだけの覚悟で人間を信用するんだ」

「えと……えと……」

「…………」

「でも、ほっといたらしんじゃう……」

言葉の意味を半分も理解はできなかっただろうが、たどたどしく一生懸命に彼は言った。

やれやれ、と和音は脱力し、まぁこのまま見殺しにもできないかと思う。放っておけばいずれ自分から出てくるかもしれないが、極度に怯《おび》えた様子から察するに仔猫は何かに追われて隙間に逃げ込んだのだ。放し飼いの犬か、質《たち》の悪い人間か、大方そんなところだろう。

「しょうがねぇな。坊主、この金で猫が好きそうなもん買ってこい」

内側の胸ポケットから財布を取り出し、千円札を二枚、幼児に握らせる。

「近くに、コンビニくらいあるだろ。言っとくけど、牛乳はダメだぞ。腹、壊すからな。缶詰のキャットフードと、あとチーズ……それとタオルもだ。包んであっためてやらねぇと」

「うん、わかった！」

相手は言うが早いか、小さな身体《からだ》で飛ぶように駆け出していった。転ぶなよ、と背中に声をかけ、頑《かたく》なに歩み寄ろうとしない仔猫へ視線を移す。相変わらず、この世の全《すべ》てが敵だとでも言いたげに一歩も動かず、そのくせ憐《あわ》れみを乞《こ》うように鳴き続けていた。

「安心しろ。ここには、俺以外に誰もいねぇよ」

無駄とは思いつつ、和音はしゃがんだまま話しかける。暗がりで全体像がはっきりしないが、どんな毛並の猫なんだろう、と思った。

「なぁ、鳴いてるってことは〝生きたい〟って思ってんだろ。だったら、諦《あきら》めてこっち来いよ。悪いようにはしねぇからよ。あのガキが飼えないって言うなら……」

話の途中で、ふと頭上に影が差す。もう戻ってきたのかと何気なしに顔を上げた瞬間、和音の左側頭部に鋭い蹴りが入った。

「ぐ……ッ……」

不意をつかれたのと座っていたのとで、反撃する間もなく身体ごと吹っ飛ばされる。頭の中がぐわんぐわんと回り、衝撃で一瞬気を失いかけた。

「て……め……」

激しい憎悪の声を漏らし、相手を見定めようと頭を振る。ポタ、とアスファルトに赤い雫《しずく》が垂れ、和音のこめかみを生温《なまぬる》い血が伝っていった。

くそ、油断した。こんな人気《ひとけ》のない場所で、猫を相手にしている場合じゃなかった。己のバカさ加減に腹が立ち、動け、と手足に命令する。今までどんな窮地に陥っても、何とか自力で切り抜けてきた。だから今度も、絶対に突破できるはずだ。

「お、立つんだ？　さすが、セコいとは言え看板しょってる奴は違うね」

「ほらほら、しっかりしろよ。俺たちが見えてっか？」

「てめぇら……」

唸《うな》るように声を絞り出し、やっとの思いで立ち上がる。だが、無防備に食らった蹴りはかなり強烈で、いつまでたっても視界が定まらなかった。ゆらゆら揺れる影は二重にも三重にも映り、本当は何人いるのかもわからない。

「舐めた真似《まね》、してんじゃねぇぞ」

圧倒的に不利な形勢にも拘《かかわ》らず、和音は些かも怯まなかった。戦意を喪失したら終わりだと、本能で悟っているからだ。曲がりなりにも一つのシマを任され、花房のような極道を使う自分がチンピラ同様の連中にやられるわけにはいかなかった。

「てめぇら覚悟しろよ。死んだ方がマシだってくらい、後悔させてやる」

「や、野郎……」

「ふらつきながら、何言ってやがる」

おぼつかない足取りでジリ、と間合いを詰めると、気圧《けお》されたように相手が毒づく。そうだ、かかってこいと和音は笑って挑発した。一発でも拳《こぶし》を決めることができれば、そこから流れを変えることもできる。その後は、殴って殴って殴りまくるだけだ。

顎《あご》に溜まった血の雫を乱暴に拭《ぬぐ》い、和音はもう一度不敵に笑った。


「はい、あの、どうもすんません。必ず、後で支払いに行きますんで。すんません！」

ひっきりなしに「すんません」をくり返し、誰かが誰かに必死で謝っている。

「ええと、来週……は厳しいかも。あ、いやでも、再来週には絶対！　絶対です！」

「どうでもいいけどさ、あんまり厄介《やっかい》ごと引き受けない方がいいよ？」

「はぁ……すんません……」

「俺に謝っても、意味ないけどね。ま、とにかくお大事に。しばらく安静にさせて、もし吐いたり痙攣《けいれん》するようならすぐに電話して。いい？」

「は、はいっ」

口ぶりからすると、片方は医者だろうか。それにしては声が若い気がするが、目を開けて確かめる気力が湧《わ》いてこない。身体は鉛《なまり》を呑《の》み込んだように重く、耳へ流れ込む会話も遠くなったり近くなったりで夢か現《うつつ》かもわからなかった。

ありがとうございました、と声がして、ドアの閉まる音がする。安普請なのか軋《きし》んだ木の音が長く尾を引き、ガタピシと建てつけの悪い振動が聞こえた。だが、やがてそれも静かになり、思い切り憂鬱そうな溜め息がそれに続く。

(不景気な溜め息、つきやがって)

何となくムッとして、和音は心の中で呟いた。どこかに寝かされ、しかも病院ではないことまでは想像がついたが、会話の声には聞き覚えがない。つまり、自分は見も知らぬ赤の他人の世話になっているということだ。

(くそ、早いとこチカに連絡して……いや、その前に俺の財布は? 携帯は?)

まずい、と胸ポケットを探って確かめようとしたが、その途端右腕に激痛が走る。反射的に呻《うめ》き声が漏れ、連動して身体のあちこちが痛みに悲鳴を上げた。どうなってる、と狼狽《ろうばい》したが、問いかけようにも口が上手《うま》く動かない。

「ダ、ダメですよ! 口の中、切れてるんですから!」

「お……まえは……?」

傍《かたわ》らに人の座る気配がして、慌てたように窘《たしな》められた。ずいぶん若いな、と声で判断し、和音は何とか努力して目を開く。左瞼《ひだりまぶた》が腫《は》れてガーゼで視界が半分塞《ふさ》がれていたが、幸い右目は無事なようだった。

「おまえ……だれ……」

「えっ? お、俺ですか?」

「………」

「あの……霧島……陽太……です」

バーカ、誰が名前なんか訊《き》いてんだよ。アホか。

正座したまま畏《かしこ》まって名乗る青年に、心の中で思い切り罵倒《ばとう》した。知りたいのは名前じゃなく、相手の身元だ。敵なのか味方なのか、自分をどうするつもりなのか。数人がかりで暴行を受けたことは一目瞭然《りょうぜん》だろうし、保護すれば面倒を背負うことも予想できたはずだ。それでもあえて連れ帰ったからには、その魂胆《こんたん》が和音は知りたかった。

「えと……」

苛ついた空気は、さすがに相手にも伝わったようだ。青年は目に見えて困惑し、オロオロと次の言葉を探している。布団に寝かされ、見上げているせいもあるが、かなり背の高い奴なのだと気がついた。花房も長身だが、こいつは百九十はあるんじゃないだろうか。

（ああ、もう。猫背やめてシャンとしろ。せっかく恵まれた体格してんのに、そんなしょぼくれた姿勢じゃ台なしだろうが）

原因が己の剣呑《けんのん》な目つきにあるのを棚に上げ、和音は続けて毒づいた。だが、どうやら警戒する必要はなさそうだ。人の好《よ》さそうなつぶらな黒目は、内面の嘘《うそ》や隠し事を残さず暴露してしまうだろう。

「……みず」

「はい？」

「みず、くれよ。喉が渇いた」

「あ、はいっ。ちょっと待っててくださいっ」

ひとまず、追及は後にしよう。少し話しただけなのに、何だかひどく疲れてしまった。これくらいの怪我《けが》、今までにも何度だって経験してきたはずなのに、どういうわけか妙に全身がかったるい。あちこちが包帯でぐるぐる巻かれ、息苦しいことこの上なかった。

和音に頼みごとをされた青年は、安堵《あんど》した表情でいそいそ台所へ消えていく。せんべい布団に畳、歩くと床が軋む台所。何だか、全《すべ》てが懐かしかった。水道の蛇口を捻《ひね》る音に、ミネラルウォーターじゃないのかよ、と苦笑いが浮かぶ。コップに水が注がれる間、和音は幼い頃に戻ったような気がしていた。

「ど……どうぞ」

おずおずとコップを差し出し、陽太と名乗る青年は神妙な顔をする。寝たまま飲めっていうのか、と無言で抗議すると、「あっ」と声を上げて身体を屈《かが》めてきた。

「ええと、その、ちょっと痛みますよ？」

「あ？」

「失礼します」

案外強引な仕草で背中に右手を回され、あっと思う間もなく抱きかかえられる。そのまま

ゆっくり上半身を起こされ、彼が左手に摑んだコップを改めて口許へ持ってきた。

「……ッ……」

「すいません、やっぱり痛いですよね。後で、ストローか何か買ってきます」

「うる……せんだよ、ゴチャゴチャ。いいから、寄越せ」

「……はい」

心なしか、陽太は微笑《ほほえ》んだようだ。和音は頭にきて文句を言おうとしたが、その前に水を飲むのに夢中になってしまった。カルキ臭い、普段なら絶対口をつけようとは思わない不味《まず》い水が、この時ばかりはどんな酒にも勝る甘露となる。口内の傷に染《し》みるのも構わず、ごくごくといっきに飲み干した。

「お医者さんが言うには、幸い骨折は免れたそうです。外傷が目立つ割には、内臓も無事だろうって。ただ、ちゃんと検査したわけじゃないんで、少しでもおかしな感じがしたらすぐ病院に行くようにって言ってました」

「ふぅん」

「全身打撲と裂傷、捻挫《ねんざ》、各部内出血が主な所見です。変な話、痛めつけるのが目的で致命傷にはならないよう、たとえば頭部への攻撃が少ないとか、そういう感じらしいです」

「………………」

そりゃそうだろ、と和音は思った。仮にも『日向組』傘下の組長だ。勢いで殺してしまっては戦争の口実を与えるだけでなく、『六郷会』という連合の中での立場も悪くなる。小競り合いなら身内同士でカタをつけろと上も目を瞑《つぶ》ってくれるが、戦争となれば周囲へ降りかかる火の粉も半端ではない。

（そんでも脅しをかけてくるって辺りが、川田のイカレたところだよな）

確証はなかったが、十中八九自分を襲ったのは『川田組』の連中だ。最近鳴りを潜めているると思ったが、とんだところで隙を見せてしまった。帰ったら花房の説教だな、とウンザリしながら息をつく。

「——おい」

渇きも癒《い》えてひと心地のついた和音は、ふと己の状況に気がついた。先ほどから、陽太はずっと自分を抱きかかえたままではないか。

「おい、おまえ。もういいよ」

「はい？」

「だから、もういいって。いつまで、このポーズを続ける気だよ」

「あっ、す、すいませんっ」

向こうも意識していなかったのか、笑えるくらい狼狽《うろた》えだした。おいおい、と和音は呆れ、どんだけ純情だよとこそばゆくなる。だが、起き上がる時こそ痛みが走ったが、こうして陽太の腕にいる間はほとんど苦痛を感じなかったと思い至り何とも不思議な気持ちになった。

つまり、一見鈍そうなこの青年は、案外気遣いに長《た》けているのだ。

「大丈夫ですか。熱っぽいとか、何かありますか」

「う……いや……」

再び静かに布団へ寝かされ、気まずく和音は言葉を濁す。言われてみれば熱があるような気もしたが、これだけ怪我をしていれば発熱くらいするだろう。

「なんか……悪かった、な……」

今更だが、ボソボソと礼を口にした。途端、陽太の顔が今度こそ真っ赤になる。素材自体は決して悪くないのに、何もかも台なしにする気の抜けた顔だ。相変わらず濁りのない黒目はツヤツヤで、和音は非常に居心地が悪くなった。

「と、とんでもないです。俺の方こそ、こんな狭くて汚い部屋ですいません」

「そんなことな……いや、関係ねぇよ」

「その、救急車呼ぶか病院へ運ぶことも考えたんですけど、あんまり大事にしない方がいいんじゃないかって思って。さっきの医者、モグリだけど腕はいいんです。俺らも、よく世話になってるんで……」

「はぁん、やっぱりなぁ。おまえ、そこまで気が回るからには堅気じゃねぇな？」

それなら話が早い、と和音がツッコむと、意外にも「とんでもない」と強く否定される。

この期《ご》に及んでとぼける気か、と思ったが陽太は本気でブンブン首を振っていた。

「俺なんかがその筋を名乗るなんて、おこがましいです！　ホント無理ですから！」

「面倒臭ぇなぁ。おこがましいとか何とか、そんなのどうでもいいんだよ。じゃあ何か、田舎の両親から仕送り貰ってる大学生か？　それこそ、嘘臭ぇだろが」

「違い……ますけど」

「ほら見ろ」

「……お世話になってる兄貴はいます。でも、俺は準構成員にも届かないくらいで。ただのパシリって言うか、雑用こなして小遣い稼ぎしてるって言うか」

自分で話していても、「情けない」と感じたのだろう。段々語尾が細くなり、ついにはしょんぼり俯《うつむ》いてしまう。また猫背になってんぞ、と和音は胸で呟いたが、口に出してやるほどの気力はなかった。

陽太は、いわゆるチンピラだ。一般人でもヤクザでもない、中途半端で臆病《おくびょう》で、そのくせあわよくば何かのお零《こぼ》れに預かろうと強い奴にたかるクズな人種だ。そんな奴に助けられたのかと思うと、プライドも何もあったものじゃなかった。

「おまえが世話になってる兄貴、どこの組の奴だ？」

「え……」

これ以上の会話は気が進まなかったが、これだけは確認しなくてはならない。気のせいか、また口の中の傷が痛み出してきた。和音は眉根を寄せ、黙って返事を待つ。

「あの……」

正座した膝《ひざ》の上で、陽太がぎゅっと拳を握った。緊張した様子は、彼の答えがろくでもないことを物語っている。この辺一帯は『日向組』のシマだが、傘下にいる和音の事務所と『川田組』、どちらの人間が出入りしていてもおかしくはなかった。

「俺、藤波さんのこと知ってます」

「は……?」

予想とは違う言葉に、さすがの和音も面食らう。だが、陽太はきっぱり顔を上げると、何事か決意した表情でこちらを真っ直ぐ見下ろした。

「この界隈《かいわい》のヤクザやチンピラで、藤波さんを知らない奴はほとんどいません。若いのに『日向組』組長からシマの一部を任されたって評判になったし、その、何て言うか……」

「………」

「目立つ、から……」

他に上手い言い方はないのかと思ったが、こいつに期待するだけ無駄そうだ。第一印象で嘘や隠し事はできない気がしたが、自分を見つめる目は純粋な憧憬《しょうけい》に満ちている。

「ひとつ訊きてぇんだけど」

「何でしょう」

「おまえ、俺の身元を承知で介抱したんだな?」

「そ……れは……」

ほんの一瞬、陽太が返事をためらった。それだけで、和音は大まかな事情を悟る。要するに、彼はこちらの味方ではないのだ。恐らく、世話になっている兄貴とやらも『川田組』の人間に違いない。

「なぁ、俺の携帯どこだ？」

「携帯……ですか」

不意に話題を変えられ、陽太は戸惑ったように数回瞬《まばた》きをした。何だか仕草のひとつひとつが無防備で、こいつ大丈夫かと不安になってくる。さぞかし出来の悪いパシリなんだろうな、と思いつつ、和音は再び口を開いた。

「持ちもん、ほとんどジャケットのポケットなんだよ。けど、今の俺はどうやら着替えさせられてるみたいだし？」

「あ、服は血と泥でかなり汚れていたんで……すいません、勝手なことして。医者が治療する時に、ついでに俺のTシャツとスウェットに替えさせてもらいました。ポケットは確認してないんで、今見てきます」

言うが早いか立ち上がり、壁にかけてあった和音のジャケットへ歩み寄る。陽太が『川田組』の関係者だとわかった以上、もう長居は無用だった。彼が自分を売るとは思わないが、どちらにせよ今頃花房は気が狂ったように行方を探し回っているに決まっている。

「……あの」

ごそごそとポケットをまさぐっていた陽太が、思い切ったように振り返った。右手には和音の携帯電話を握っており、無事だったかと安堵する。しかし、続けて口にされた言葉に、和音は耳を疑った。

「あの、勝手なお願いなんですが、藤波さんの部下をここへ迎えに来させるのは勘弁してもらえないでしょうか。俺、困るんです。お願いします！」

「な……」

「もう察していると思いますが、俺の兄貴分は『川田組』の構成員です。うちの近所にもよく来るし、この界隈は特に『川田組』の人間が多いんです。そんなところに藤波さんの部下が来て、しかも俺の部屋に出入りするところを見られたら……俺、殺されます」

「………………」

半ば蒼白《そうはく》な顔色で、「お願いします」と何度も頭を下げられる。理屈はわかるが、今の和音は迎えもなく一人で帰れる状態ではなかった。布団から身体を起こすのもひと苦労なのに、着替えて歩いて車を拾うなんてハードルが高すぎる。まして、陽太が言うには『川田組』の人間が多くうろついている場所なのだ。

どうする、と頭の中でぐるぐる考えた。

自分が機敏に動けない状況で、陽太に外まで付き添ってもらうのは難しい。万が一、『川田組』の人間に見咎《みとが》められた場合、走って逃げることも叶《かな》わないからだ。仮にアパートまでタクシーを呼んだとしても、部屋を出て車に乗り込むまで絶対誰にも見られないとは言い切れない。先ほど奇《く》しくも陽太が口にした通り、和音の容姿は非常に「目立つ」。

（まぁ、今は満身創痍《そうい》でミイラ男みてぇになってるし、別の意味で目立つだろうな）

それより何より、と、怯える犬のような目に溜め息が出た。

（こんなんでも、命の恩人だしなぁ……）

あのまま放置されていたら、死なないまでもかなりヤバかったかもしれない。だが、どういう経緯なのかは知らないが陽太は見殺しにせずにいてくれた。危険を冒して和音を助け、自分のアパートまで運んでくれたのだ。その彼が、自分を介抱したために仲間から痛い目に遭うような事態は死んでも避けたかった。

「……やっぱり、無茶なお願いですよね」

長い沈黙に悲観したのか、やがて陽太が項垂《うなだ》れる。

「いいんです、すいませんでした。藤波さんは立場のある人だし、俺なんかの都合でどうこう言えるはずなかったです。ただ……できれば、俺の名前は出さないでほし……」

「わかったよ」

「え？」

溜め息混じりの返事に、彼が言葉を止めて顔を上げた。あまりに間の抜けた表情に、意図せず和音は苦笑してしまう。実際は本格的に痛み出した傷に笑うどころではなかったが、気持ちだけはそんな感じだった。

「おまえの顔、たててやる。俺が自分で動けるようになったら、誰にも見つからねぇようにこっそり帰ってやるから。悪いけど、それまで世話になるぜ」

「い、いいんですか？」

「それは、こっちのセリフだろ。どうせ二、三日の辛抱だ。ああ、けど組の者に連絡だけはしとかねぇとまずいんで、電話だけはかけさせてくれ。奴ら血の気が多いから、俺を心配するあまり暴走するかもしれねぇし」

「藤波さん……」

へなへな、と陽太がその場に座り込んだ。感極まったような目で見つめられ、和音は別の意味で溜め息が出そうになる。まったく、こんな軟弱な男がよくヤクザ連中と付き合っていられるものだ。金持ちのボンボンならカモにされている可能性もあるが、貧乏臭い和室の1DKに住む彼から金の匂《にお》いは微塵《みじん》もしない。

「ありがとうございます、藤波さん！　俺、一生懸命看病しますから！」

「ああ、それは有難ぇんだけど……あのさぁ？」

「はい？」

明るくいざり寄る陽太へ、和音は一番の疑問をぶつけてみた。

「そもそも、おまえ……何で俺を助けたんだよ」

「……………」

「後から面倒なことになるって、思わなかったわけじゃないんだろう?」

「それは……」

陽太は、困ったように口ごもる。

だが、すぐに迷いを捨てた眼差《まなざ》しで大真面目に言った。

「放っておいたら死んじゃう、と思って……」

「……………」

何だか、今と同じ会話を少し前にした覚えがある。奇妙な既視感に捕われた和音は、やがて「ねこをたすけて」と訴えてきた男の子を思い出した。

『最後まで責任持てないなら、中途半端に手を出すな』

和音がそう言ったら、その子は今の陽太と同じことを口にしたのだ。

でも、ほっといたらしんじゃう、と。

「俺は猫か」

「は?」

思わず呟いた一言に、わけがわからない、という顔をされる。けれど、和音は妙におかしくなってきた。よもや、自分があの仔猫と同じ境遇になるとは夢にも思わなかった。

「あの、そうだ、猫って言えば無事ですよ」

「無事？　え、おまえ知ってるのか？」

「だって、俺をあなたの倒れているところまで連れていったの、昴《すばる》ですから。あ、昴っていうのは猫の救出をあなたに頼んだ子で、俺の知り合いなんです。コンビニから戻ったら血だらけで倒れていたってんで、泣きながら俺のアパートまで来たんですよ」

「あのクソ坊主が……」

「俺が運んでいる間に、あなたに言われた通りキャットフードやらチーズやら置いたらようやく出てきたって。俺は、あなたを誰かに見られるんじゃないかって気が気じゃなくて、猫まで頭が回らなかったんですけど」

へへ、と照れ臭そうに笑って、陽太は柔らかく声を落とす。

「だから、もう心配ないです。猫は、昴が飼ってくれるよう親に頼むって言ってました。最後まで、ちゃんと責任持つって。五歳にしては、なかなか言いますよね」

「……そうだな」

つられて、和音も少しだけ微笑んだ。

自分も猫も、何とか生き延びることができたらしい。そのことが単純に嬉《うれ》しかったし、素直に喜べる自分にも驚いていた。死にたいと思ったことはないが、極道社会に足を突っ込んだ日から「いつ死んでもいい」と思いながら生きてきたからだ。

「そんなに割り切れるもんでも、ねぇんだな」

口の中で小さく呟くと、陽太が笑ったまま「え？」と訊き返してきた。だが、そろそろ和音の体力も限界が近い。気が緩んだせいか、今まで会話できたのが嘘のように急速に痛みや熱が襲ってきた。

「藤波さん？　大丈夫ですか、藤波さん？」

焦る陽太の声が、何重にもひび割れて脳内へ響き渡る。ぞくぞくと寒気が背中を走り、返事をするのも儘《まま》ならなくなった。頭はガンガンするし口内は切り傷が疼《うず》くし、全身のあちこちが熱をもってズキズキと休みなく苦痛をもたらしてくる。

「藤波さん？　しっかりしてください！」

「……う……」

きつく目を閉じて、波をやり過ごすため何度も短く息を止めた。その間も、陽太はオロオロと落ち着きなく声をかけてくる。うるせぇよ、黙れ、と言いたかったが、無駄吠《ぼ》えする犬のようだと思ったら黙らせるのが億劫《おっくう》になった。

「藤波さん……」

しばらくして、額にひんやりと冷たいものが乗せられる。氷水に浸したタオルだ。いつの間にか陽太はおとなしくなり、打って変わって静かな声音でそっと囁《ささや》いた。

「痛み止め、あと一時間したら飲めますから。それまでの辛抱です。俺、ずっとここにいますから。大丈夫、ずっと側にいますから」

「………」

何だそれ、おまえは俺の母親か。

痛みで朦朧《もうろう》としながら、微《かす》かに和音は笑った。生まれて二十七年間、大概の傷は自分で舐めて治してきたのだし、今度だってきっとそれでしのげるはずだ。チンピラの手なんか、借りる必要はないんだ——そう言い返してやりたかった。

「大丈夫ですよ」

もう一度くり返し、陽太の指先が汗で張りついた前髪を優しく梳《す》く。

気安く触るな、と撥《は》ねつけたかったが、そう悪い気分でもないので好きにさせておいた。

2

　和音からの連絡が途絶えて二日間、花房の怒りはそれは凄《すさ》まじかった。

　まず、護衛に付かせていた徳岡と小笠原は冗談でなく顔の形が変わるほど殴られ、側の者が止めなければあわや殺されるところだった。その後、和音を車から降ろした地点を中心に組員が総出で探し回り、その延長で『川田組』の人間との揉め事も激増し、ついには連合の上層部から「目に余る」という警告を受けるまでになる。そうなると、もう派手に動くのは難しくなった。

「くそ、どうせ『川田組』が噛んでるのは間違いねぇ。なんで、上の連中にはそれが通じねぇんだよ。俺たちに、このまま呑気に指銜えてろって言うのか？」

　飢えた野獣のように事務所内をうろつき、剣呑さを隠しもせず花房がごちる。普段は和音の補佐役として沈着冷静であることを心がけているが、獰猛《どうもう》な彼の素顔がこうまであからさまになるのは珍しかった。

「そもそも、藤波さんは何をしに一人であんな場所に降りたんですかね。あそこはウチのシマと隣接はしていますが、『日向組』の仕切りです。当然、傘下の『川田組』の連中だってうろついているのに……」

「だからこそ、迂闊《うかつ》に手は出さないもんじゃないのか？　自分のシマで身内が小競り合いなんて、『日向組』にしたら外聞が悪い。バレたら、『川田組』だってタダじゃすまねぇし」

「けっ。そんな道理があいつらに通用しないのは、これまでのやり口で証明済みだ。畜生、藤波さんにもしものことがあったら、『川田組』の連中皆殺しにしてやる！」

若い組特有の仲間意識で、血気盛んな構成員たちは早くも殴り込みの相談に余念がない。それは失態を演じた徳岡や小笠原も同じで、花房の制裁で見るも無残な姿になりながらも士気は一向に衰えていなかった。いや、むしろ他の連中より激しいと言っても過言ではない。全責任は自分たちにあると一時は指を詰めて詫《わ》びようとしたところを、「藤波さんが無事に戻るまで待て」と花房から厳命されているほどだ。

「携帯は通じねぇし、姿を見たって目撃情報も取れねぇ。まさか、どこかに監禁とかされてるんじゃゃないだろうな。だが、そうだとしても目的は何だ？　藤波さんは、拷問《ごうもん》で言いなりにできる男じゃねぇぞ」

「花房さん、俺らの中じゃ一番藤波さんと付き合い長いんすよね。何か弱みを握られて動きが取れないとか、そういう心当たりないんすか？」

「ねぇな」

部下の質問に即答し、花房は疲れたように革製のソファへどかっと腰を下ろした。

「俺が知る限り、あの人に弱みはねぇ。家族はいねぇし馴染《なじ》みの女も作らねぇし、個人的に付き合いのある人間もいないはずだ。とにかく、馴れ合うのを嫌うからよ。俺だって、プライベートで飲みに行ったことすらないしな」

「花房さんでも……」

「つれねぇよな。あの人が十五の時からの付き合いなのによ……と、こんなつまらねぇ愚痴を零してる時じゃねぇな。今日一日、何の成果もなかったら、日向組長んとこへ顔出してくるぞ。場合によっちゃ、この首賭《か》けてくるから後は……」

話の途中で、突然電話の着信音が鳴り出した。瞬時に花房は表情を引き締め、跳ねるように上半身を起こす。素早く取り出した携帯電話には、和音の名前が点滅していた。

「花房さん！」

「しっ、皆静かにしろ」

和音の携帯から発信しているだけで、相手が本人とは限らない。花房は用心深く録音の手順を済ませると、周囲が固唾《かたず》を呑んで見守る中、厳しい顔つきで電話に出た。

「……もしもし」

『チカか？　俺だ、藤波だ』

「藤波さん……！」

間違いない、この声の持ち主は和音だ。花房は確信を持ち、無言で皆へ頷いてみせる。直後にそれぞれの口から安堵の息が漏れ、中には床へしゃがみ込む者までいた。

「すぐ迎えに行きます。藤波さん、今どこに?」

『あ〜、それなんだけどよ……』

「はい」

『連絡が遅くなって悪かった。実は、ちょっと怪我して療養中だ。けど、心配するな。安全なところで匿《かくま》ってもらってるから。数日もしたら動けるようになるし、直《じき》に帰る』

「………」

この人は何を言っているんだ、と思う。あんまり意表を突かれたので、花房はらしくなく混乱した。自分のよく知る和音なら、絶対にこんな呑気なセリフを吐いたりしない。一瞬前には「本人だ」と確信したにも拘らず、むくむくと疑惑が湧いてきた。

「藤波さん、冗談言っちゃ困ります。おわかりでしょうが、こっちは一触即発の状態であっちもこっちもピリピリしているんですよ? おふざけは大概にして、すぐに戻ってきてください。いや、俺が自分で迎えに行きますから居場所を……」

『別にふざけちゃいねぇよ』

わざとらしく溜め息をつき、電話口の和音は申し訳なさそうに言い訳する。

『とにかく、今は動けない。居場所も言えねぇんだ。だが、これだけは言っておく。俺が戻るまで、絶対に行動を起こすな。二日か三日、それだけありゃいい。チカ、おまえ皆を抑えられるな? できねぇとか抜かすなよ?』

「それは……」

『ん？』

「……やれと言うなら、やりますが」

渋々と了承しながら、「やっぱり本人だ」と花房は認める。有無を言わさぬ物言いや、無条件に自分を従わせる空気。これればかりは、和音にしかできない芸当だ。若造が偉そうに、と上層部には憤慨する古参幹部もいるが、花房が絶対服従を誓っているのは伊達《だて》ではない。和音の中に眠る強烈なカリスマ性を見込んだからこそ、自分は補佐を買って出たのだ。

「ですが、藤波さん。一つ聞かせてください」

『何だ？』

「本当に帰ってくるんですね？」

『……………』

面食らったような沈黙が数秒続き、花房は眉をひそめる。和音の帰る場所はここしかないし、自発的に行方をくらましたのではないなら迷うことなどないはずだ。

『当たり前だろ』

何を今更、というように和音が答えた背後で、「ニャー」と猫の鳴き声がした。え、と反射的に耳をそばだてると、慌てたように『じゃあな』と電話が一方的に切られる。引き止める間もなく、通信は一方的に終わってしまった。

「藤波さん、自分で〝戻らない〟って言ったんすか？　マジっすか？」

「それ、誰かに刃物でも突きつけられて無理やり言わされてるってことは……」

「それはない」

歯切れの悪い電話に、花房は苦々しい思いを噛み締める。

「以前から、藤波さんと符丁を決めてあるんだよ。何かしらトラブルに巻き込まれた時は、俺のことを〝花房〟って呼ぶってな。今の電話、藤波さんは俺を〝チカ〟と呼んだ。要するに、しばらく戻らないってのは誰かに強制されたセリフじゃねぇってことだ」

「そんな……」

「ただ、動けないくらいの怪我をしているらしい。そいつが気がかりだ」

「やっぱり、『川田組』の仕業ですよね。それ以外、考えられないっすよ！」

さっぱり要領を得ない電話に、皆も戸惑いを隠せないようだ。しかし、和音からは数日待てと命令が下っている。ならば、今の花房がすべきなのは部下の暴走を防ぐことだった。無論、花房自身も納得してはいないが、もし和音に戻ってくる気配が一向になかったら、その時また善後策を考えればいい。幸い携帯を通じて連絡は取れそうだし、監禁されているわけでもないのなら一刻を争うということもないだろう。とにかく本人の意思である以上、こちらが気を揉《も》んだところで所詮《しょせん》一人相撲だ。

だが、やはり何かが引っかかる。妙に収まりの悪い心地がするのは何故だろう。

「猫……なぁ……」

「は？　花房さん、何か言いましたか？」

「いや、何でもねぇ」

電話口で微かに聞こえたのは、確かに猫の鳴き声だった。そこには緊張を高める自分たちとはあまりに場違いな、平和で悠長な空気が感じられる。しかし、あの和音が好んでそんな場所に居たがるとは思えないのだ。花房が知る限り、彼の生活はぬるま湯とは程遠いものだし、逆にそうでなければ安らげない、とでも言わんばかりの荒れようだった。

「そういう意味では、総長向きとは言えねぇんだが」

むしろ、和音は一匹狼《おおかみ》タイプと言えるだろう。それを極道の看板で縛り付けたのは、自分の我儘《わがまま》かもしれない。ただ、花房は和音を育ててみたかった。気の荒い野良猫が孤高の獣に成長する様を、誰より近くで見ていたかったのだ。

「ま、二、三日は様子見ってとこだな」

とりあえず無事は確認できたし、本人と直接会話もできた。当座はそれで自分をごまかすかと、花房は久しぶりに苦笑を浮かべた。

「陽太、おまえなぁ、怪我人がいるとこにガキ連れ込んでんじゃねぇよ」

背中に積み上げたクッションに凭《もた》れるようにして、和音は布団から陽太を睨みつける。花房との電話を終え、用済みの携帯電話を押しつけると、例によって「すいません」と弱々しい笑顔が返ってきた。そんな彼の後ろでは、昴が先日の仔猫を抱いて持参の絵本を何冊も広げている。仔猫の毛並は真っ黒で、どうりで闇に紛れていたはずだと納得した。

「くろすけ、これがわるいまじょだよ。やっつけろー」

「にゃー」

「……何なんだよ、このユルイ空気は。余計、具合が悪くなるだろうがっ」

ここは保育所か、と毒づき、やはり残ることにしたのは早計だったかと後悔する。一昨日に陽太の介抱を受け、その後で高熱を出して二日間ほとんど意識のない状態だったので、花房へ連絡を入れるのにずいぶんタイムラグができてしまった。その間に、どうも昴が「ねこのおにいさん」のお見舞いと称して出入りするようになっていたらしい。

「あの子も、子どもなりに藤波さんの心配していたんですよ。それに、あなたを救ったのは昴です。昴が俺を呼んでくれなかったら、介抱はできませんでした」

「それはわかってるけどよ……何で、俺が〝ねこのおにいさん〟なんだよ。俺は、猫を舎弟にしたことなんかねぇぞ。よく言っとけ！」

「きっと、くろすけの恩人だからですよ。いろいろ知恵を貸してくれたから」

「知恵ってほどのもんじゃねぇだろ、大袈裟な……」

「でも、嬉しかったんだと思います」

今度は、自信のあるはっきりした笑顔を向けられた。それは、柔らかだけれど凛《りん》と反論を許さぬ顔で、駄犬の如《ごと》き情けない彼に慣れると非常に違和感がある。

「藤波さんが昴の願いを無視していたら、きっと路地に倒れたままだった。結局、あなたを助けたのはあなた自身ってことになりますね」

「……そんなもんかな……」

「そうですよ」

力強く頷かれ、和音は気恥ずかしさに黙り込んだ。

こんな時の陽太には、ああこいつにも牙《きば》があったんだなと思わせられる。だが、それで見直すかと言えばそんなことはなく、瞬《また》く間に瞳の凛々しさは掻き消え、再びへらへらと猫背で微笑む姿にまた戸惑うのだった。

「しっかし、黒猫だからくろすけって何の捻《ひね》りもねぇなぁ」

子どもの相手は飽きたのか、くろすけがよちよち布団の端へやってきた。濡れた鼻先に人差し指をつけると、一人前に匂いを嗅《か》ぐのが面白い。どのみちまだ布団から出られないし、退屈しのぎに猫は格好の生き物だった。たまに勢い余って身体に乗られても、羽根のように軽いので気にならない。

「昴の家で飼えることになって良かったです。俺んとこはペット禁止だし」

「日中、部屋に連れ込んでたら同じだろ」

「それは仕方ないです。昴の家、共働きで夜まで帰らないし。幼稚園が終わると、後はずっと一人なんですよ。そういうこともあって、猫を飼うのを許してもらったみたいだけど」

「けど、入り浸ってるのがチンピラの兄ちゃんちじゃなぁ」

笑いながら皮肉ると、ふっと陽太の目が優しくなった。

「最初に声をかけてきたの、あいつの方なんですよ」

「へ？　幼稚園児が？　チンピラに？」

「二、三ヶ月前だったかな。俺、ダチに待ち合わせをドタキャンされて、公園でポツンとしていたんです。多分、よっぽど情けない様子だったんだろうな。昴がトコトコやってきて、俺にガールフレンドからもらったキャンディくれて」

「…………」

「その時、あいつ言ったんです。〝おなかすいてるんでしょう〟って」

よほど印象深かったのか、語る声音に慈しむような温《ぬく》もりが宿る。陽太は熱心に絵本を読み続ける昴を見つめ、独り言のように呟いた。

「リンゴ味のキャンディだった。あれ、美味《うま》かったな」

「……そうか」

何だか黙っていられなくなり、もぞもぞと和音は言葉を探す。

全身の倦怠感《けんたい》や痛みはまだ消えずに燻っているが、不思議と気持ちが倦《う》まずにいるのは、ここに流れる時間があまりにのんびりしているからだった。それは、やはり部屋の主である陽太の醸し出す雰囲気に因《よ》るところが大きい。そうでなければ、平和に免疫のない和音は逆に苛々を募らせていただろう。だから、彼への借りは何としても返したかった。

「あのな、陽太。そんなら、俺が全快したら飯食わせてやるよ。看病の礼だ」

「飯……ですか？」

「ああ。おまえ、好きな食いもん何だ？　何でもいいぜ。寿司でもステーキでも鰻《うなぎ》でも、何なら梯子《はしご》したっていい。もう食えないっつうくらい、俺がご馳走《ちそう》してやるから」

「藤波さん……」

唐突な申し出に、陽太は少し驚いている。だが、自分の話したキャンディがきっかけだと思い当たったのか、すぐに気が抜けたように笑い出した。

「いいですよ、そんなの。気にしないでください」

「でもよ……」

「真面目な話、俺はそんなに大したことしてないです。医者の指示通りにやってるだけで、後はただ側にいるだけだし」

「まぁ……な。その点は、何か忠犬ハチ公みたいだな」

「え、何で犬に喩《たと》えるんですか。ひどいなぁ」

心外だったのか、陽太は唇を尖《とが》らせる。図体《ずうたい》はデカいのに、そんな顔をすると彼は本当に子どものようだった。そう言えば年も訊いてなかったな、と思い、何気なく振ってみる。

「俺ですか？　二十四歳です」

若干、決まりが悪そうに陽太は答えた。二十四歳にもなって定職に就かず、ヤクザのパシリなんてやっているのだから当然だ。自分もそう褒められた身分ではないが、和音は少々意地の悪い質問をぶつけてみた。

「おまえさ、ガキの頃は何になりたかった？」

「え……」

「あるだろ、いろいろと。消防士とか電車の運転手とかサッカー選手とか。なぁ？」

「ガキの頃……ですか……」

明らかに陽太は戸惑い、それきり無言で考え込んでしまう。言い難いのではなく、まるでその時期の記憶がすっぽり抜け落ちていて思い出せない、といった様子だ。あるいは、何かになりたい、なんて夢を見たことさえなかったのかもしれない。

（まずかった……かな）

これには、さすがに和音も罪悪感を覚えた。真っ当とは言えない世界で生きているからには、誰しも封印しておきたい過去がある。うっかり陽太の地雷を踏んでしまったかと、彼が再び口を開くまで気まずいことこの上なかった。

「えーと、サラリーマン、ですかね」

「は？」

たっぷり一分は熟考した後、とぼけた返答が返ってくる。

サラリーマン？　ガキの頃の夢がサラリーマンになること、だと？

「陽太、てめぇ嘘ついてんじゃねぇよ。あれだけ考えといて、サラリーマンってことねぇだろ。いいんだよ、覚えてないならそれで。〝忘れました〟って言やぁ、それで終わる話じゃねぇか。何も、無理やり答えを作んなくたって……」

「え、でもマジですよ。俺、本当にサラリーマンに憧れてました、普通の」

「…………」

「本当ですよ。平凡だけど、何かいいじゃないですか。スーツ着て電車に乗って、たまに同僚と飲んで奥さんに怒られて。そういうドラマに出てくるような生活、いいよなぁって」

「……そうか？」

「はい」

同意しかねる、と和音は言外に含ませたが、陽太は素直に頷いた。だが、世の中にサラリーマンに憧れる少年がいないとは断言できない。ただ、そういう場合はもう少し明確に「○○の仕事に携わりたい」等の目標がありそうなものだが、彼は漠然と会社勤め自体に夢を抱《いだ》いているようだった。

「おまえ、変な奴だよな。サラリーマンだったら、今からでも遅くねぇだろ。チンピラなんかさっさとやめて、まともに働きゃいいだけじゃねぇか。まぁ、この不況じゃ厳しいとは思うけど、サッカー選手目指すよか可能性は高いぞ?」

「嫌だなぁ、藤波さん。それ、あくまでガキの頃の夢ですよ」

陽太は困り顔で笑うと、話を逸らすように視線を昴へ移す。いつの間にか静かになっていると思ったら、くろすけと並んで畳の上ですぅすぅ寝息をたてていた。

「もう夕方なんだけど、あと三十分くらい寝かせといてやるかな」

押入れから毛布を取り出し、そっとかけてやりながら彼は言う。

「藤波さんも、少し寝てください。今日はずっと起きていて疲れたでしょう。昨日まで熱を出していたんですから、だいぶ体力消耗しているはずですよ。その間に、俺ちょっとヤボ用済ませてきますから」

「ヤボ用って、『川田組』の仕事か?」

「それは、さすがに言えないです」

やんわりとだが、陽太はきっぱり言い切った。まぁそれもそうか、と愚問を反省し、和音も布団へ潜り込む。動けば身体中がミシミシ痛むが、飛び上がるような激痛は薄れていた。

この分なら、本当にもう二、三日で出て行けそうだ。

「藤波さん」

ふと、何かを思いついたように呼びかけられた。次いで、布団の傍らに膝を突く気配。もう出かけるのか、と被《かぶ》っていた掛布団から顔を出そうとした矢先、驚くほど間近から陽太の囁く声が降ってきた。

「……ご馳走なんて、どうでもいいです」

え、と思って慌てて振り返り、ぶつかりそうな勢いで陽太と視線が合う。こうなると、厄介なことに逸らすのは難しかった。こういう場合、先に視線を外した方が負けなのだ。以前そんな話をキャバクラの女の子にしたら「それじゃ、猫の喧嘩と同じじゃない」と笑われたが、実際そう大差はないかもしれない。

「何だよ、ご馳走はいいって。おまえ、ずいぶん贅沢抜かしてるじゃねぇか」

「そういう意味じゃないです」

「あぁ？」

「もし藤波さんが俺に借りを返そうと考えているなら、食い物じゃなく他のものがいいなと思ったんです。ここで遠慮しても、場末のチンピラに借りを作ったままなのは、あなたの本意ではないだろうから」

「よくわかってんじゃねぇか。さすが、伊達に裏街道へ足を突っ込んじゃいねぇな」

「…………」

おい、どうでもいいけど顔が近いぞ。

内心そうツッコんだが、怯んでいると思われるのは心外なので不敵に笑んだまま睨み返す。だが、本音を言えば街のチンピラ風情にメンチ切られて、不覚にも動揺している自分に和音は苛立っていた。

「藤波さん、覚えてますか？　俺、あなたのこと前から知っているって話したこと」

「ああ。俺が目立つからとか何とか、おまえ言ってたよな」

「俺の兄貴から見れば藤波さんは邪魔な存在で、あなたの話題が出るたびに悪し様《あざま》に言ってました。ご存知のように、『川田組』の組長はあなたを敵視していますから」

「まぁな。こっちはいい迷惑だぜ」

「でも、俺はそうは思わなかった。兄貴の前じゃ口に出せなかったけど、俺は藤波さんのことをカッコいいと思ってた。憧れてました」

「は……」

「あ、いや、えーと、過去形じゃないです。今も、俺の家に藤波さんがいるのが信じられないくらいです。こんな、すぐ間近で顔が見られるとかありえないって言うか」

さっきから、一体こいつは何が言いたいんだろう。

聞いている間に、和音の苛々はますます募ってきた。思わせぶりに近づいたり、邪気の欠片もない目で「憧れてる」なんて言いだしたり、まるで行動原理が摑めない。

「だから、何がいいんだよ。飯じゃなくて、他のお返しが欲しいんだろ？」

このままだと、陽太のペースに持っていかれそうだ。和音は急いで話題を戻し、返事を催促するようにねめつけた。

「あ……まぁ、そうですね」

「それなら、何でもいいからさっさと言え。金か？　女か？　就職先か？」

「え……いや……」

怒濤《どとう》の如くまくしたてると、陽太は「そんなの考えもしなかった」というように目を瞬かせる。なまじ顔が近いので、睫毛《まつげ》の音まで聞こえそうだ。

（何か……変じゃねぇか、このシチュエーション。これじゃ、まるで……）

口説かれているみたいだ――ふと、そんな呟きが胸に浮かぶ。

おいおい、と和音は慌てて妙な連想を追い出し、それにしても調子が狂う、と嘆息した。怪我で不自由だということもあるが、いつもなら他人をここまで近づけたりはしない。まして、相手は冴えないチンピラの若者だ。巨乳の美女ならいざ知らず、どうして同性相手に一人でテンパらねばならないのか。

（こいつ、完全に舐めてたけど質が悪ぃな……）

ちっ、と舌打ちをしようとして、口内の傷に思わず顔をしかめた。そういえば、もう三日も煙草を吸っていない。そう、つまり自分は今普通の状態ではないのだ。だったら、多少は血迷った錯覚をしかけても不思議はないのかもしれない。

我ながら苦しい言い訳をしつつ、「で？」と憮然《ぶぜん》と口にする。とても、命の恩人に取る態度ではなかった。だが、陽太は気にする風でもなく、おもむろに和音から離れていく。

「おい……」

「考えておきます」

立ち上がった彼は、にこっと笑顔を返してきた。ずいぶん勿体《もったい》ぶるな、と思ったが、正直離れてくれたのは有難い。何に対してかは不明だが、和音は（勝ったぜ）と胸で呟いた。

「じゃあ、俺行きますね。申し訳ないんですが、もうちょっとしたら昴を起こして帰るように言ってください。あまり暗くなると危ないんで」

「ああ」

「一時間くらいで戻ります。藤波さんの胃、まだお粥《かゆ》しか消化できないみたいだけど夕飯もそれでいいですか？　卵とか、ちょっと上等なの入れますんで」

「いいよ、気を遣わなくても」

脱力するようなことを言われて、思わずぷっと噴き出してしまう。同じ世界の住人とは思えないくらい、陽太は本当に異質だった。これまで和音が生きて、目にしてきたものとは、まるきり違う風景が見えているんじゃないかと思うほどだ。

「行ってきます」

少し名残惜しそうに、陽太がぺこりと頭を下げる。

おう、と布団から見送りながら、和音はいつになく穏やかな気分になっていた。


陽太の部屋で養生を始めてから、五日が過ぎた。

絶好調とはいかないが、和音の怪我の具合もだいぶ回復に向かっている。一度往診に来てくれたモグリの医者が「見た目は細いのに、強靭《きょうじん》な肉体だなぁ」と軽口を叩いて殺意が湧いたが、陽太に言わせれば怒らせると相当怖い、ということなので我慢しておいた。自分は構わないが、この先も陽太が世話になると思うと後々に迷惑はかけたくない。

「あ、そうだ。これ、昴から預かってきました」

「ん?」

「いつぞやの、キャットフードとチーズを買ったお釣りだそうです。あいつ、返すの忘れてたって気にしてましたよ。チビながら、筋を通す奴ですね」

「けっ、生意気なんだよ」

「今度会ったら、褒めてやってください」

陽太が上着のポケットから掴み出した硬貨を、無雑作に和音の手のひらへ乗せた。こういう何気ない動作の連動が、いつの間にか陽太との間では自然になっている。和音は努めて意識しないようにしていたが、このこそばゆい感覚は何なんだ、と内心困惑していた。

「いい天気だな……」

六畳の和室から、窓越しに青空を眺めるなんていつ以来だろうか。平和ボケしそうだと欠伸《あくび》を噛み殺しつつ、和音はボンヤリと呟いた。昨日から布団は卒業し、狭い室内で何をするでもなく過ごしている。秋晴れが気持ち良いし、本当は散歩にでも出たいところだったが、自分が陽太の部屋に居座っていると『川田組』の人間にバレたらまずいので我慢中だ。

(つうか、まぁ、そろそろだよな)

雀《すずめ》が飛んでいく様を目で追いながら、和音は胸で呟いた。

いきなりダッシュは無謀だが、人目を避けて動く程度ならもう充分にできる。予定よりは日数がかかったが、明日にでもここを出て行こうと思った。いつまでも隠れているわけにはいかないし、花房たちもさぞかし気を揉んでいることだろう。

(出て行く……か)

本来の暮らしに戻るだけなのに、淡い感傷が和音を戸惑わせる。たった五日間、しかも半分は痛みと熱に呻いていた日々だ。終わらせることに、何の問題も未練もない。それなのに心が浮き立たないのは、すっかり頭が能天気になってしまったせいだろうか。

「藤波さん、お茶飲みますか?」

今日は「ヤボ用」とやらはないのか、朝から陽太も部屋にいる。物思いに沈んだところを悟られまいと、和音は殊更ぶっきらぼうに「おお」と答えた。安普請の壁に背中を預け、陽太から借りたTシャツにスウェットの貧乏臭い姿を伊達男の花房が見たら、一体どんな顔をするだろう。そうだ、帰ると決めたなら服をどうにかしないとまずそうだ。

「はい、どうぞ。本当はビールかコーヒーでも、と言いたいとこですが、まだもう少し刺激物は控えた方がいいって医者のお達しですからね。その方が、治りも早くなるって」

「俺に、仙人になれってか」

「だけど、顔色はずっと良くなりましたよ。昨日は久しぶりに髭も剃《そ》ったから、男前も復活ですね。昴に見せてやりたいなぁ。藤波さんがこんなに綺麗な顔してるって知ったら、あいつすげぇびっくりしますよ」

「綺麗な……顔……」

「藤波さん……？」

和音にとって、容姿への賛辞は絶対に禁句だ。この顔で極道として得したことは一度もないし、むしろ常に舐められないよう気を張っていなくてはならなかった。「男妾」等の屈辱的な呼び名は今でも敵対組織に蔓延《まんえん》しているし、何より和音自身、自分の顔が大嫌いだ。

だから、これまで例外なく顔を褒めた人間には制裁を加えてきた。素人は別だが、同じ裏社会に生息する者なら、悪気があろうとなかろうと関係なく殴り飛ばす。それが、和音の決めたルールなのだ。

「陽太……」

「あの、藤波さん？　どうかしましたか？　あ、お茶熱かったかな。口の傷に障らないように、だいぶ冷ましたつもりなんですけど……」

「…………」

「藤波……さん？」

急に雰囲気の変わった和音に、陽太は激しく狼狽している。まさか「綺麗な顔」の一言が地雷だったとは、夢にも思っていないのだろう。和音は無言のまま陽太を見つめ、情けないくらい困っている顔をジッと観察する。

人の好さそうな目だな、と心の中で言ってみた。

第一印象から変わらず、陽太の瞳には濁りがない。混じり気のない愛情とか、ありのままを映す目だとか、言葉にしただけで虫唾《むしず》が走るようなそれらの表現が、犬や猫や赤ん坊以外にも使えそうだと思ったのは初めてだった。

少し猫背なのは気になるが背は高いし、優しげな目鼻立ちは年上の女に受けそうだ。鈍臭い奴だと思っていたが、さっきのお茶発言といい、相手のことはよく見ている。多分、頭の回転はそんなに悪くはない。

「あのな、一度しか言わねぇからよく聞けよ」

「は、はい」

「俺に向かって、顔の話は二度とするな。いいな?」

「え……」

「もっとも、おまえとはもうすぐお別れだ。わざわざ言っとく必要もねぇか。ただ、もしも次があったら今度は容赦なく殴り飛ばす。覚えておけよ」

「………」

褒めて逆ギレされるなんて、相手にしてみれば理不尽以外の何物でもないはずだ。陽太も初めはポカンとしていたが、直に恨めしげな顔つきになった。しかし、この場に和音をよく知る者がもし居合わせていたら、ずいぶん紳士になったものだと皮肉を言うだろう。それくらい、警告だけで済ませるのは珍しいことだった。

「明日、帰るわ」

湯呑みの温いほうじ茶を啜《すす》って、和音は淡々と陽太へ告げる。その途端、びくっと陽太の表情が硬直した。切り出すタイミングを誤ったか、と思ったが、もう二度と会わない相手にこれ以上の気遣いは無用だ。和音はゆっくり彼から視線を逸らし、世間話でもするような口調で先を続けた。

「そんで、悪いけど俺の着るシャツ、調達してきてくんねぇか。前のはズタボロで使いもんになんねぇし、白シャツなら適当にどこでも売ってるだろ。スーツはこの際、多少の汚れは目をつむる。ま、この界隈さえ抜けりゃ即行でタクっちまうから問題は……」

「藤波さんのスーツなら、クリーニングに出しておきました」

「え?」

「シャツを買いに行くついでに、引き取ってきます。もう出来ている頃だから」

「そ……そうか。気が利くな」

何となく鼻白んだ感じで、和音はとりあえず礼を言う。そうして、やっぱりこいつはチンピラなんかより、家政夫にでもなった方がよっぽど天職なんじゃないかと思った。

「おまえ、つくづく惜しい男だよな」

外出の支度を始めた陽太へ、気を取り直して話しかける。安物のジーンズとTシャツ姿になった彼は、意味がわからない、と言いたげに振り返った。

「いや、上手く言えねぇけどさ。ほんと、今更な質問だけど『川田組』のパシリなんか何でやってんだ? もうちょっと要領よく立ち回りさえすりゃ、すぐ構成員に引き立ててもらえるぜ。今日び、腕っぷしだけじゃヤクザは成り立たねぇからな。頭のいい奴が出世する、こいつはどこの世界でも一緒だよ」

「藤波さんは……強いじゃないですか……」

納得いかない様子で、控えめに反論される。確かに和音は敵を作りやすい性格だし、金儲《かねもう》けの上手さと頭脳でのし上がったとはお世辞にも言えなかった。

「俺、いろんな藤波さんの武勇伝を耳にしました。だから、俺にとってあなたはヒーローみたいなもんです。そのあなたに、腕っぷしだけじゃダメだなんて言われたら悲しいです」

「ちょ、いや、おいおいおい。そこまでマジに取るなよ」

「藤波さんが察しているように、俺が底辺でいつまでもウダウダやってるのは……人を殴れないからだ。いえ、何も素手とは限らない。喧嘩になるなら逃げる、それが俺の生き方です。だから、チンピラなんです」

「………」

決して途中で激昂したりはせず、むしろ深く静かな声音で陽太は語る。同様に先刻まで穏やかな愛情に満ちていた瞳は、一枚膜が張られたように温度がなくなっていた。

（何だ……この感じ……）

悲しいような懐かしいような、甘く疼《うず》く感覚が胸を襲う。

和音の人生には必要のないものなのに、溶けだしたそれは細胞を侵していく。

「藤波さん」

表情を変えずに、ゆっくりと陽太がやってきた。

彼はできるだけ空気を揺らさないよう、慎重に畳の上に両膝を突く。擦り切れたジーンズとありふれたTシャツ姿の男が右手を伸ばし、痣《あざ》と絆創膏《ばんそうこう》だらけの頬へ触れてこようとするのを、和音は映画でも観るような気持ちで見つめていた。

「あなたが帰ったら、もう会えませんね」

「……ああ」

「俺は『川田組』のチンピラですから、あなたの部下にボコボコにされる時はあるかもしれませんが。でも、大将が末端の小競り合いに首を突っ込むことはない。……ですよね？」

「そうだな」

「じゃあ、ここで借りを返してもらいます」

左頬を手のひらで包み、ようやく陽太が少し笑う。これから何をされるのか予想はできたが、和音は拒もうとは思わなかった。それは、相手が恩人だからとか、借りを返したいからとか言うのとは全然違う。ただ、和音も拒みたくなかったのだ。

「………」

唇に、ひんやりと冷たい感触が重なった。

柔らかくてぎこちない、つたないだけのキスだ。

初めは遠慮がちに啄《ついば》まれ、和音が受け入れているとわかってからは、ほんの少しだけ大胆に踏み込んでくる。それがいかにも陽太らしくて、気づけば和音は微笑んでいた。

「笑わないでくださいよ」

困ったように、陽太がボソリと言う。これじゃあ中学生のキスだろ、と言ってやろうかと思ったが、せっかくなので無粋な真似はやめておいた。第一、そんなことを言ったら、彼のキスで鼓動が速まっている言い訳までしなくてはならない。

「藤波さん……」

掠れた声で囁いて、もう一度陽太が口づけてきた。唇は温もりを取り戻していたが、重ねた時に微かな震えが伝わってくる。キスくらいでガタガタすんな、と和音は可笑しくなり、笑うとまた文句を言われるので代わりに自分から陽太を抱き寄せた。

「いろいろ世話になったな、陽太」

「……いえ」

唇を触れ合わせたまま、互いの目を見つめて言葉を交わす。

もし眼差しに熱がともるなら、瞳が焼けそうだと和音は思った。

3

パチンコ屋の開店時刻まで、あと三時間。まだ空は暗いというのに、新装サービスの大フィーバーを期待する連中はすでに集まり始めている。

「陽ちゃんさぁ」

列の一番先頭でヤンキー座りをし、冷えた両手を擦り合わせながら啓太が見上げてきた。陽太も夜明けの寒さに震えながら、「ん？」と問い返す。二人とも、順番取りをしているのは自分たちのためではなかった。後からゆっくりやってくる兄貴分に、玉の出る台を死守して譲るためだ。

「いい加減に、現実へ戻って来いよ。もともとボケーッとした顔が、ますますユルくなってんぞ。もうちっと気を引き締めないと、北沢《きたざわ》の兄貴にヤキ入れられるかんなー」

「俺、そんなにユルい顔してる？」

「してるしてる。生気のない目で溜め息ばっかついてさ、あいつの不景気な面を見てるとムカつくって北沢の兄貴、こないだ怒ってたぜ。そのうち、パチンコで負けたとかオンナが浮気したとかさ、何かにつけて八つ当たりしてくんぞ、あれは」

「それは……嫌だなぁ……」

すでに殴られたような気持ちになり、陽太は思いきり顔をしかめた。

自分たちが「兄貴」と呼んで慕っている北沢という構成員は、面倒見はいいのだが短気で気が荒く、よくつまらない理由で暴力を振るう。陽太も普段は逃げる専門だが、そうすると残された啓一が余計にひどい目に遭うので、二発までは我慢するようにしていた。北沢も大抵は一発で気が済むらしく、度を越したリンチを受けることは滅多《めった》にない——のだが。

「それでも、やっぱり痛いのは避けたい」

「陽ちゃんのそれ、もう口癖だよな」

知り合ったばかりの頃から言っているので、今更ツッコむ気も起きないのだろう。啓一は呆れ顔で笑うと、すぐに真面目な表情に戻って言った。

「けど、冗談でなくさ。早いとこ、頭切り替えろって。おまえ、自分がどんなにヤバい橋を渡ってたかわかってねぇだろ。あの日、アパートに顔出したのが俺じゃなくて別の奴だったら間違いなく事務所に連行されて半殺しだぞ」

「……そうだな」

「そうだな、じゃねぇよ。少しは危機感持てって」

やれやれと嘆息し、啓一がだるそうに立ち上がる。和音が出て行ってから一週間、二人の間では何度も同じような会話がくり返されていた。

あの日、和音とキスをしていた直後に啓一がいきなり訪ねて来た。

勝手知ったるノリでノックもせず、鍵のかかっていない部屋にいともたやすく上がり込み、彼は鼻歌混じりで「陽ちゃん、いるか～？」とズカズカ入ってきたのだ。玄関のドアが開く気配でパッと身体は離したものの、啓一が狭い台所を突っ切るまでに和音が隠れる時間などなく、二人はばっちり顔を合わせてしまった。

『え……おっ……ま……ッ』

『…………』

『よ、陽ちゃん、これ……それ……ッ』

『人のこと、これだのそれだの失礼な呼び方してんじゃねぇよ、クズ』

蒼白になって意味不明の声を漏らす啓一に、開き直ったように和音が毒づく。片方の膝を立て、そこに肘を突いたまま深々と息を吐く様は、ふてぶてしい以外の何者でもなかった。

『おい、陽ちゃん！　こいつ！』

ムッとしたのか矛先を陽太へ変え、我に返ったように啓一は叫んだ。しかし、何をどう言い訳しても敵対する組の組長と一緒にいる事実は覆せない。それに、お駄賃代わりとはいえ憧れの相手とキスしたばかりなのだ。見苦しく狼狽するところを、見せたくはなかった。

『こいつ、藤波和音だろ！　なんで、ここにいるんだよ！』

『しっ、声がデカいよ。外まで聞こえるだろ』

『だって！』

啓一が驚くのはもっともだが、ここで今以上に噂《うわさ》が広まるのは絶対に避けねばならない。自分が半殺しの目に遭うのも困るが、それより何より和音の身が危ないからだ。

『ふぅん、おまえも俺の顔、知ってんのか。俺って、案外有名人なんだな』

陽太の葛藤《かっとう》などどこ吹く風で、和音が悠長な口を利いた。素人離れした美貌の持ち主にそんなとぼけたセリフを吐かれ、啓一はますますムカついている。だが、彼が文句をつけるより前に、和音は意外なことを言い出した。

『けどな、生憎《あいにく》と俺もおまえの顔、知ってるぞ』

『え？』

『おまえ、うちの事務所の周りをウロチョロしてたチンピラだろ。始終携帯弄りながら、ふざけた芝居しやがってよ。一度痛めつけてやったら、少しは知恵がついたようだけどな』

『う……て、てめ……』

ふふん、とバカにした目で蔑《さげす》まれ、啓一はみるみる赤くなる。それを聞いて、陽太は以前に待ち合わせをドタキャンされたことを思い出した。あの時、啓一はボロボロになった姿を自撮りで送ってきたが、後から「藤波の事務所の人間にやられた」と白状したのだ。

『そうだったんだ……』

その指示をしたのは、和音だったのか。

半ば呆然《ぼうぜん》としながら、陽太は胸の中で呟いた。啓一は北沢に命令されて様子を探っていただけなので、もしかしたら自分が彼の立場だったかもしれない。そう思うと、改めて和音との立ち位置の違いが身に沁《し》みてきた。

『とにかく、バレたからには長居は無用だな。陽太、俺帰るわ』

『藤波さん……』

『できれば明日までと思ったが、このバカが騒ぐと面倒だし』

『この野郎ッ！　口の利き方に気をつけ……』

煽《あお》られた啓一がカッとなり、和音に摑みかかろうとした瞬間。

『ギャッ』

獣じみた悲鳴が啓一の口から漏れ、彼は右手を後ろに捩《ね》じ上げられていた。あまりの素早さに何が起きたのかわからなかったが、和音は息一つ乱さずに身体を反転させ、啓一の後ろを取ったらしい。怪我も癒えきっていない細い身体のどこに、と思うほど、ギリギリと容赦なく力を込める一方で、その顔は酷薄な笑みに美しく彩られていた。

『口の利き方に気をつけろだ？　おい、誰に向かって物を言ってんだ？』

『……ッ……』

『次にタメ口叩いたら、腕一本どころか首の骨へし折るからな』

激痛に言葉も出ない相手へ、和音は笑いながら悪魔のように囁く。

ああ、これだ——と、陽太は思った。

自分が初めて街で和音を見かけた時も、彼はこんな風に笑って複数を相手に喧嘩をしていた。最初はキレのある動きに見惚《みと》れ、次いで息を呑むほど綺麗な人だと驚いた。世の中には、あんなに綺麗で凶暴な生き物がいるのだ。そう思ったら、嫌いなはずの暴力さえ違うものに見えてきた。そうして、今まで曖昧《あいまい》だった自分の中の感情をはっきり認識したのだ。

（そう。俺が苦手なのは、暴力そのものじゃないんだ。そこに込められた蔑《さげす》みや嫌悪、加《か》虐《ぎゃく》への快感なんかがダメだったんだ。だけど、この人はそうじゃない。そうじゃなくて）

無意味な力の誇示のため、弱者をいたぶり強くなったつもりになる。そんな輩《やから》ばかりで溢れる中、和音はただ生きるために拳を振るっていた。そうしないと息ができない、とでもいうように戦っていたのだ。それは、陽太にとって未知な衝撃だった。

（この人は……どんなに強くても優越感なんか微塵《みじん》も感じてない。ただ、生きようと必死なだけなんだ。人生に踏ん切りがつかなくて、流されるように生きてる俺とは全然違う）

強烈な和音への憧れが、この瞬間、胸に生まれた。

和音がどんな性格で何を信条に生きているのか、そんなことは何一つ知らない。それなのに、俺は一生この人を嫌いにはなれない、と陽太は確信した。

『陽太、悪ぃな。おまえのダチなのに手加減しなくて』

ようやく啓一を解放し、少しも悪びれずに和音が言う。やはり少しは無茶をしたのか、微

かな苦痛が表情に浮かんでいた。だが、畳の上で呻いている啓一に比べれば問題ないレベルだろう。陽太は内心友人に同情しながら首を振り、『行くんですか？』と尋ねた。

『せめて、陽が落ちてからの方が……』

『いや。グズグズしていると、また面倒なことが増えるかもしれねぇし』

『でも……』

『おまえには世話かけたから、俺の看病をしたせいで痛い目に遭うとか、そういうのは嫌なんだよ。なんつうか……後味が悪ぃだろ。いいか、ダチにはしっかり口止めしとけよ。そいつ、弱い犬みてぇによく吠えるからな』

早口でまくしたてながら、彼は陽太から借りたTシャツとジャージのくたびれた格好のまま玄関へ向かう。啓一の件で勘が戻ったらしく、足どりも思ったよりしっかりしていた。しかし、何と言っても昨日まで寝込んでいた身体だ。土地勘もない場所で身を隠しつつ、上手く車が拾えるだろうか。

(もし『川田組』の誰かに見つかったら、今度こそ危ない……)

俄《にわ》かに不安になった陽太は、やっぱりついていこうと踵《きびす》を返した。だが、靴を履き終えた和音は背中を向けたまま、『……陽太』と一声で動きを制す。まるで「待て」と言われた犬のように、びくりと陽太は動けなくなった。

『おまえも、大概駄犬だな』

『は……はい？』

いきなり駄犬呼ばわりされて、意味がわからずポカンとする。すると、和音はゆっくり肩越しに振り返り、間抜け面で突っ立っている陽太へニヤリと笑いかけた。

『けっこう良い牙《きば》持ってそうなのに、使い方が全然わかってねぇもんな？』

『え……え……？』

『俺が飼い主なら、ちゃんと躾《しつ》けてやるのに』

『躾けるって……』

褒められているのか、バカにされているのか、判別のできない微妙な言い回しだ。思わず笑顔を引きつらせていると、和音が右手を伸ばしてポンポンと頭を撫《な》でていった。玄関に立つ彼はそれでなくても陽太より背が低いので、構図的にもますます複雑な気持ちになる。けれど、陽太は撫でられて嬉しかったし、これが日常化するなら犬扱いだろうが何だろうがいいやと本気で思った。

『じゃあな』

ついていくと言いそびれたまま、和音はあっさりと部屋を出て行く。

ようやく話せるようになった啓一が声をかけるまで、陽太は覚めない夢の中にいた。

「お、やっと開店みたいだぜ。俺、スロット行くから陽ちゃんはパチンコ台な。情報によると百三十番台は鉄板、特に奇数番台を狙えってよ。とろとろして、取られんなよ」

シャッターがゆるゆると上がり始め、啓一は早くもそわそわし始める。朝に弱い北沢は、恐らく十一時頃に来るだろう。それまで台の見張りか、と陽太はウンザリ気味に嘆息した。

啓一はそこそこギャンブルもするが、陽太は下手くそな上まるきり興味がない。北沢からの小遣いは三千円ずつで、これで数時間をもたせるのは至難の業だった。

『けっこう良い牙持ってそうなのに』

ふと、別れ際に和音が呟いたセリフを思い出す。

人が好さそう、ボーッとしている、等々のことならよく言われるが、彼は自分のどこを見てそんな感想を抱いたのだろう。悪い気はしないがさっぱり理解できず、最後なのでお世辞を言ってくれたのかな、とも思った。

（けど……他人にそんな気を遣う人じゃない……よな）

もし、和音の言葉が真実ならば。

ありえないと怯みつつも、陽太は真剣に考えた。自分に牙があるのなら、それは和音のために使いたい。北沢や、まして『川田組』のためなんかには決して磨きたくない。無茶な願いとわかっていても、そう思わずにはいられなかった。

「おい、陽ちゃん。行くぞ。今度ヘマしたら、マジ兄貴にぶっ飛ばされっかんな」

しっかりしろ、というように、啓一が背中を乱暴に叩く。けれど、陽太の足はそこから動かなかった。その代わり、生まれて初めて感じる強い欲求が胸を熱くさせている。

「陽ちゃん……？」

今まで「これでいいのか」と己へ問いかけては、返事をごまかしてきた。だが、もう出すべき答えははっきりしている。自分でそれを認めた以上、このまま同じことのくり返しでは生きられない。

「陽ちゃん、おい！　どこ行くんだよ！」

突然、店に背を向けて陽太は駆け出した。慌てる啓一の声すら振り切って、ただひたすらに駆け続ける。頭の中は、「躾けてやるのに」と笑った和音の顔で一杯だった。


和音が親と慕う『日向組』組長の鉄司から任されたシマは、主な上がりを地代、みかじめ料、幾つかの風俗店と飲み屋の収益で占めている。クスリや売春などに比べればトラブルは格段に少ないし危険度も下がるが、当然ながら収入はグンと低かった。つまり、上納金が少ないということだ。昔ならば、連合の中で和音の事務所が末端に位置づけられるのを意味する采配《さいはい》だったが、現代は少し事情が違う。

「対暴力団の法律は年々厳しくなるし、警察の取り締まりも容赦がない。危ない橋を渡ったところで逮捕されてお宝を没収されるか、警察上層部へ流す金が莫大《ばくだい》になって旨味《うまみ》が減るだけときている。要するに、ヤクザにゃ生きにくいご時世ってわけですよ」

だからこそ、と花房がしたり顔で先を続ける。

「原点回帰じゃありませんが、うちのシマもそうバカにしたもんじゃありません」

「当然だ。そうでなきゃ、川田のクソ野郎が躍起になって茶々を入れてくるもんかよ」

「いや、川田の目当てはもっと別ですよ」

カラオケルームの一室で、和音と花房は先刻から二人だけで話を進めていた。事務所や行きつけのバーでは、こみいった話が外部に漏れないとも限らない。その点、カラオケなら無用な緊張感を排除できるのだ。無論、部屋の前には若い組員を数名張らせているし、行く店もその都度変えている。加えて、部屋の監視カメラも切らせる念の入れようだ。盗聴や盗撮に関しても、花房は人一倍神経を尖らせていた。

「だーかーら、あいつの目当ては俺の失脚だろ。いや、そんなお上品な言い方じゃ足りねぇな。俺を再起不能なほどボコってから、シマの全獲りだ。俺を推挙した日向組長の顔に泥を塗ることなんざ、何とも思ってねぇ外道だからな」

合皮の安っぽいソファに足を伸ばし、和音はだるそうにモニターを見つめる。そういえば陽太の部屋にはテレビがなかったな、などと考えていたら、花房がやや声を低めて言った。

「実は、藤波さんの留守中にいろいろ調べてみたんです」

「え？」

「あちこち探りを入れて、ようやく摑みました。うちのシマ、十年後の東京都再開発候補地なんですよ。話が決まれば、都が買収の動きを見せるはずです」

「……ガセじゃねぇだろな」

「十中八九、本当です。バブルの頃と同じってわけにはいきませんが、それでも相当な金が動く。国内有数の大手企業、Mグループが裏で嚙んでいて、大規模な新都市計画が持ち上がるらしいです。そうなれば、シマを失っても十二分にお釣りがくる。上手く交渉すれば、うちが会社を起ち上げて食い込むことも可能です」

「おいおい……」

予想もしていなかった展開に、さすがの和音も心中穏やかではいられない。金儲けにはあまり興味がなかったが、自分が仕切る土地がまるごと金の成る木になると言われれば、やはり高揚を覚えるのが人情だ。

だが、同時に（面倒だな）とも思った。そんな事情があるなら、『川田組』に限らず今後も何かとキナ臭い連中に目をつけられるのは明らかだ。

「日向組長は、そのこと知ってたのか？　まさか、承知で俺に任せてるんじゃねぇよな」

「任俠道《にんきょう》一筋の方ですから、恐らくご存知ないかと。ただし、『六郷会』はわかりません。あちらの上層部は、国を動かす連中と持ちつ持たれつの関係ですからね。まぁ、本決まりの話ではありませんから、様子見といったところでしょう」

「けど、川田はどこからか耳に入れたんだな。そこに俺への私怨《しえん》も混じって、か……」

どうやら、事は組同士の小競り合いでは済まなくなりそうだ。

和音は目を細めて考えを巡らせ、事態が広がる前に早いところケリをつけた方がいいな、と結論を出した。再開発計画だの何だのと大袈裟な事情が公になれば、それこそ恩義ある『日向組』へ飛び火しないとも限らない。だが、今ならまだ小さく収めることができる。

「どっちにしろ、うちがおとなしくしているわけにはいきませんよ」

形ばかり注文したコーヒーをまずそうに啜り、花房が獰猛に目を光らせた。

「藤波さんを襲った代償は、きっちり払ってもらいます。このまんまじゃ、腹の虫が収まりませんからね。よりにもよって、うちの総長を狙ったんだ。嬲《なぶ》り殺しにしてやります」

「……チカ」

「なんでしょう」

「相手はよく見ろよ」

「は?」

言葉の真意が摑めず、怪訝《けげん》そうに見つめ返される。和音は目まぐるしく画面が変わり続けるモニターに視線を留めたまま、特に感情を込めずに淡々とくり返した。

「いくら『川田組』の人間だからって、片っ端から血祭りにあげてくわけにはいかねぇだろ。

俺を襲った連中は言うまでもねぇが、それ以外は幹部から上しか相手にするな」

「………」

「……わかったか？」

いつもなら打てば響く返事の花房が、珍しくためらっている。どうした、と目で問う和音の右頬へ、無頼なくせに案外形の良い指が不意に伸びてきた。

「傷……どうですか」

「どう……って……」

戻って一週間がたち、目立つ傷はだいぶ薄くなっている。しかし、右目の下の擦《す》り傷はまだしぶとく残っており、花房の指先はそっとそこに触れていた。

「おい、チカ」

意味ありげな視線に晒《さら》され、傷痕《きずあと》が妙な具合に疼く。居心地の悪さに耐えかねて、和音は乱暴に彼の手を振り払った。他の人間がこんな真似をしたらタダではおかないが、何しろ相手は腹心の部下だ。和音に拒まれた花房は、小さく息を漏らすと黙って身体を引いた。

「なんなんだよ、おまえは。俺の話、聞いてたのか？」

「聞いていましたよ。で、傷はもう大丈夫なんですか。藤波さん、モグリの若い医者に手当てされたって言っていましたが、案外腕は良かったようですね。念のために受けていただいた再検査で、裂傷の縫い目が綺麗だと医者が褒めていました」

「……まぁな」

意識したこちらがバカみたいだと、気まずく和音は視線を逸らす。今のは何だったんだと詰問したい衝動にかられたが、何となく墓穴を掘りそうなので言えなかった。

（……ったく。変な色気、出しやがって）

もともと和音は花房に面倒をみてもらってここまできたし、単なる主従では片づけられない関係にある。それだけに、互いの距離感を慎重に推し測っている面があった。

「藤波さんがお世話になったチンピラ、北沢って構成員の舎弟だそうですね」

「ああ？」

「北沢は、あなたを襲った連中と懇意の仲です。場合によっちゃ、奴もまとめて報復の的にします。その際、北沢にくっついていたら巻き添えを食らうかもしれません」

「おい！」

だから、闇雲に相手にするなって言ったばかりだろうが。

思わず声に険を含ませると、花房は歪《ゆが》んだ笑みを見せた。いくら主の命の恩人と言えど、敵方ならば仕方ないとでも言いたげだ。一瞬、二人の間で火花が散り、互いに引かずに睨み合っていたが、先に折れたのはやはり花房の方だった。

「――了解しました。そいつには手を出しません。部下にも厳命しておきます」

「俺を、恩知らずの卑怯者にするなよ？」

「当たり前です。俺だって、彼には感謝している。藤波さんを救ってくれたんですから」

「………………」

何となく含むところがあるのは感じたが、和音は無視することにする。どうせ、海千山千の花房は簡単に本音など出さないのだ。それに、万が一言いつけに背いて陽太に累が及ぼうものなら、和音がどれほど怒り狂うかは彼もよくわかっているだろう。

（チカの野郎、何か勘ぐってやがるな）

澄ました顔で不味いコーヒーを飲んでいる彼が、内心不機嫌なのは事実だ。和音がすぐには帰ってこず、陽太の事情を考慮して花房の迎えを断ったのが原因だった。案の定、何とか敵の目をかいくぐって戻るなりひどく説教されたが、らしくなく和音が陽太を庇《かば》ったのが余計に面白くなかったらしい。

（まぁな。俺も、どうかしてるとは思うけどよ）

先刻から視界にちらつくのは、モニターの三流アイドルなんかではない。気弱そうに見えて存外強《したた》かな、図体のデカい駄犬だ。あれから陽太がどうしたのか、和音はずっと気にかけていた。互いの立場上、こちらから接触をはかるわけにもいかないし、改めて礼をしようにも組内は報復の気運に盛り上がっていてそれどころではなかった。

（医者代も、結局踏み倒しちまったしなぁ。ツケにしてるようだけど、相手はモグリだろ。どんだけふっかけられたんだか……）

陽太の手元には、クリーニングに出したという和音のスーツが残っている。あれでチャラになんねぇかな、と思うが、あいつはきっと大事に取っておくだろう。そんな気がした。

「藤波さん、そろそろ行きますか」

ボンヤリ考えに耽《ふけ》っていたら、肩を軽く叩かれた。おう、と身体を起こした瞬間、本調子ではないせいか和音はぐらりとよろめく。

「おっと」

「……お気をつけて」

素早く花房が抱き止め、低く呟いた。同じように陽太にも支えられたな、と思った途端、しなやかな腕の感触や間近でおろおろしている顔が懐かしく蘇《よみがえ》る。

もう二度と会わない相手なのに、と和音は苦笑した。

陽太が自分を追いかけて来るような予感がし、それを待っている自分にも笑った。

4

その日は、朝から雲行きが怪しかった。

迎えの車に乗り込もうとして、和音は銜え煙草のまま空を仰ぎ見る。不景気な雨雲がどんどん広がり、今にも降りだしそうな様相を呈していた。

「藤波さん、お早く」

「おう」

花房が急《せ》かすのには、理由がある。敵の鉄砲玉が狙ってくるタイミングは、圧倒的に移動時が多いのだ。車の乗り降りやエレベーター、建物の出入りなども危険だ。

和音が戻ってから構成員たちはいっきに息を吹き返し、このところ『川田組』のシマで挑発行為をくり返している。つまり、いつ報復が来てもおかしくない状態だった。

「あっちにゃ、バカが多いですからね。上の命令聞かず、先走るのがいるかもしれません」

「バカが多い……」

思わず陽太の顔が脳裏に浮かび、「確かにな」と和音は笑った。

——と。

「何だ、てめぇ。どこの組のもんだぁ？」

「この野郎、どこ行く気かって聞いてんだよッ」

「……藤波さん、ちょっとすいません」

すぐ近くから舎弟たちの怒声が聞こえ、剣呑な空気が流れてくる。花房が不機嫌そうに眉間に皺を寄せ、状況を確認するためにそちらへ向かった。入れ替わりに別の若い者がつき、早く乗るよう促してくる。

しかし、続いて耳へ飛び込んできた声にぴたりと和音の動きは止まった。

「藤波さん！　そこにいますか、藤波さん！」

「陽太……？」

「俺です！　霧島陽太です！　藤波さん、スーツ！　スーツ持ってきました！」

「…………」

あのバカ犬、と呆れて言葉も出てこない。いくら命の恩人でも、立場は敵対する組のチンピラだ。よりによって和音の名前を連呼しながら乗り込んでくるなんて、自殺行為といっても良かった。現に彼を囲んだ連中は、口々に凄みながら少しも近づかせようとしない。

「いけね、チカがいたな」

和音が絡めば、簡単に理性を飛ばす男だ。もともと陽太を快くは思っていないようだし、この機に乗じて半殺しにすることは充分にありえた。

「おい、ちょっと降りるわ。退《ど》け」

「い、いやいや、何を言ってるんすか、ダメですよ！」

「退け」

「………」

和音の目つきが鋭くなり、一瞬で纏《まと》う空気が冷たくなる。側近たちが息を呑んで後ずさるのを鼻で笑い、やれやれと嘆息して車から出た。喧騒《けんそう》の方へ視線をやると、囲んでいる連中から頭一つ抜けた長身の青年が困り切った様子で突っ立っている。

（ガキの使いかよ）

オロオロしながらクリーニングの袋を抱き締めている姿に、ぷっと噴き出してしまった。どう見ても、ヤクザの事務所に乗り込んできたようには見えない。むしろ、そんな彼を相手に無駄に凄んでいる舎弟たちの方が滑稽《こっけい》なくらいだ。

「おまえら、少し黙れ。近所迷惑だ」

和音が口を開くより僅かに早く、花房が一同を制した。お、と感心して様子見に切り替えると、そのまま彼はゆっくりと前へ歩み出ていく。舎弟たちが一斉に道を開け、陽太と花房はついに至近距離で対面した。

「あの……藤波さんは……」

「とりあえず、しゃがめ」

「え、あ？」

「てめぇ、ここをどこだと思ってんだ。デカい図体のくせに、頭は空っぽなようだな。偉そうに見下ろして口利いてんじゃねぇ」

「すっ、すみませんっ」

実際、花房も体格は良いので二人に身長差はさほどない。だが、陽太は真っ青になってアスファルトに正座すると、改めて花房を見上げて訴えた。

「俺、霧島陽太と言います。お願いします、藤波さんに会わせてください！」

「ふざけんな。てめぇのようなチンピラに、何でうちの頭を会わせなきゃなんねぇんだ」

「え……と、それ……は……」

「スーツがどうとか喚《わめ》いていたようだがな、そいつが間違いなく頭のもんかどうか、おまえ証明できるのか。大体、服の一着や二着で大騒ぎしてんじゃねぇよ、見苦しい」

「…………」

何から何まで正論で、聞いていた和音も取り成しようがない。しょうがねぇな、と思うものの、ここで助け船を出せば花房の機嫌を更に損ねるだけだ。

(しっかし、相変わらず真《ま》っ直《す》ぐな野郎だな。あ～あ、そんなに袋を抱き締めたらクリーニングの意味ねぇじゃねぇか。バッカだなー)

スーツの上着から煙草を取り出し、一本を口に銜える。差し出された火に先端を近づけようとした時、不意に陽太の声を思い出した。

『煙草はダメですよ。せめて、もう少し体調を戻してからじゃないと』

自力で起きられるようになってすぐ、和音は煙草を欲しがった。十三歳で喫煙を始めてから、こんなに何日も吸わなかったことはないんだと悪態も吐《つ》いた。だが、陽太はへらっとした見た目のくせにかなり頑固で、和音の欲求を頑として聞き入れなかったのだ。

『藤波さん、変な人だったんですね』

何だか、少し嬉しそうに彼は言った。

『傷がどんなに痛んでも、絶対にやせ我慢するじゃないですか。それなのに、煙草一本の我慢ができないって矛盾してますよ』

調子に乗った口利いてんじゃねぇよ、殺すぞ、コラ。

ムカついて暴言を吐いたら、すぐ青くなって「すみませんっ」と怯えた。それでも、やっぱり涙目で「煙草はダメです」と言い張るような奴だった。

「ああもう、畜生」

火をつけずに煙草を胸ポケットに戻し、和音はガリガリと頭を掻く。帰れと取りつく島のない花房に、陽太はしぶとく食い下がっていた。あれは、もう「ハウス！」とでも言わなければおとなしくならないだろう。

「――チカ」

さして声を張り上げず、花房の名前を呼ぶ。だが、反応は早かった。花房はピタリと口を閉じ、多少不本意そうな顔はしてみせたものの身を翻《ひるがえ》して空間を開ける。陽太と自分を遮るものがなくなり、和音は静かに歩き出した。

「ふじ……なみさん……」

ポカンと呆《ほう》けた表情で、陽太がこちらを見つめている。

純度の高い黒目が、瞬きさえ惜しんでひたすら真摯《しんし》に向けられていた。

（この駄犬が……）

和音は無表情を貫き、冷ややかな瞳で陽太を見る。けれど、内面では大きな変化が起きていた。どういうからくりなのか、一歩彼へ近づくごとに動悸《どうき》が速まっていく。身体の芯《しん》に熱が溜まり、喉には渇きを覚えていた。

「藤波さん、いきなりすいません。あの、スーツを……」

「…………」

「スーツを……返さなきゃと思って……あの……」

混沌とした感情が、ひどく和音を苛立たせる。少し前まで、もう会うことはないと思っていた相手だ。別に未練はなかったし、いずれ忘れるだろうと高を括《くく》っていた。いや、半月も過ぎていればきっとそうなっていたはずだ。

「藤波さん……」

いつまでも沈黙が続くので、陽太の顔に不安の色がどんどん濃くなっていった。周囲の人間も対応に戸惑い、和音の様子を窺《うかが》っている。気まずい空気が蔓延し、皆の注目が重たく全身に伸《の》し掛かってきた。雑魚《ざこ》一匹、短気な和音が蹴り飛ばして終わると思っていた連中は、明らかにいつもと違う流れに困惑しているようだ。

「陽太、おまえ」

「は、はいっ」

たっぷり三分は経過した後、ようやく和音が口を開く。陽太がピンと背筋を伸ばし、名前を呼ばれた嬉しさに目をきらきら輝かせた。

「あの、元気そうで安心しました。あれから、昴にも〝何でいなくなっちゃったんだ〟って泣かれて大変だったんですよ。あいつ、藤波さんに憧れていたみたいで、その……あ、くろすけも元気です。やっと、最初の予防注射が終わって、そん時に獣医に噛みついたって」

「——黙れ」

「すっ、すいませんっ」

アホか、と怒鳴りつけたい衝動を堪《こら》え、和音が更に睨みを利かせる。ベラベラ話す内容はどれもこれも小学生の絵日記のようなのどかさで、およそ舎弟たちが抱く和音のイメージとは程遠かった。

(見ろ、皆して引いてんじゃねぇかよ)

無性に気恥ずかしくなり、これ以上はダメだと判断する。とにかくスーツを受け取って、とっとと追い返すのが得策だ。二度と顔を見せるなと、念押しも必要だろう。

和音はおもむろにしゃがみ込み、正座している陽太と目線を合わせた。その途端、相手の顔が面白いくらい赤くなり、ふっとこちらの気分が緩む。こんな経験は初めてだが、不思議なくらい陽太の反応に和《なご》んでいる自分がいた。

（やっぱ、こいつ面白ぇなぁ）

和音の目線一つで赤くなったり青くなったり、浮いたり沈んだり、と実に忙しない。過剰な反応をする奴は他に幾らでもいるが、陽太が特別なのはそこに媚《こ》びがないことだった。余計な下心がないから、癇《かん》に障ることもない。案外、そういう人物は希少だった。

「昴とくろすけに、よろしくな」

「え……」

「それから、こいつは俺の治療代だ。どうだ、足りるか」

財布から二十万ほど抜き、無防備な手に握らせる。遅れて陽太は狼狽し、こんなにいらないとくり返したが、和音はそれを無視して立ち上がった。

「ここまで来た駄賃込みだ。けど、これきりだからな。俺はバカは嫌いじゃないが、物覚えの悪い奴は嫌いだ。次に目の前に現れたら、容赦なくぶっ殺すぞ」

「そんな……」

「チカ、後は頼む。適当にな」

わかりました、という声を聞きながら踵を返し、車まで戻っていく。背中に痛いくらい陽太の視線を感じたが、振り返るわけにはいかなかった。少しでも情を示せば、必ずまた会いにくる。そんな確信が、和音の中にあった。

「車を出せ。チカは、後から来るだろ」

シートへ身体を滑り込ませ、先ほど止めた煙草を改めて銜える。今度は、差し出されたライターでためらいもなく火をつけた。肺の奥まで煙を吸い込み、しみじみと「美味い」と思う。車が走り出す頃には、陽太の面影を頭から全て追い払った。

足取りも重く、トボトボと家路に向かう。

相当落ち込んでいる自覚はあったが、現実には自分の想像以上にひどかったようだ。いつもは愛想の良い野良猫に威嚇され、悪ガキ共には不意打ちで膝裏《ひざうら》を蹴《け》られ、アパートに辿《たど》り着いた時には心身ともに打ちのめされていた。

「あっ、帰ってきた！　陽《よう》ちゃん、おまえどこ行ってたんだよっ！」

「啓《けい》ちゃん……」

外階段に腰かけていた啓一《けいいち》が、バネ仕掛けの人形のように立ち上がる。昨日、パチンコ店の席取りを放棄して駆け去ってから、彼は何度も電話をくれていた。留守電だけは聞いたが、それによると北沢《きたざわ》は凄《すさ》まじく怒っているらしい。

「もう、何やってんだよ。アパートにもいねぇし、電話には出ねぇし。もしかしたら、北沢の兄貴に捕まってリンチされてんじゃないかって生きた心地しなかったんだぞ！」

「ごめん……」

「とにかく、一刻も早く謝りに行こうぜ。何発か殴られるのは覚悟しとかないとなんねぇけど、このままってわけにはいかねぇだろ？」

「…………」

啓一は我が事のように心配し、陽太の腕を摑《つか》んで必死に話しかけた。けれど、陽太の心は動かない。友人に申し訳ない気持ちはあるが、北沢に謝罪するつもりはなかった。

「どういうことだよ？　陽ちゃん、殺されちゃうぞ？」

啓一の顔に焦りが滲《にじ》み、ますます罪悪感は大きくなる。大事な友達にこんな顔をさせて、と思うと胸がしくりと痛んだ。それでも、自分は後戻りしないと決めたのだ。

（もっとも、だからって受け入れてくれる場所があるわけじゃないけど……）

無理やり押し付けられた万札は、ポケットの中で膨らんでいる。重たかった。こんなものを貰《もら》うために行ったんじゃない、あの人に会いたかっただけなのに。

「おい、陽ちゃん！　どうしたんだよ！　しっかりしろって！」

「あ……ごめん、啓ちゃん。でも、決めたんだ。俺は、北沢さんとは決別する」

「へ……？」

「俺さ、犬になるなら飼い主は自分で選びたい。牙《きば》があるなら、その人のために使いたい。でも、北沢さんはそうじゃないんだ。俺の飼い主じゃない」

「な……に言ってんだよ……わけ、わかんねぇ……」

言葉が抽象的すぎたのか、啓一を余計に混乱させてしまったようだ。けれど、陽太の言いたいことはちゃんと伝わったのか、彼はくしゃりと瞳を歪《ゆが》ませた。この街に流れてから、二人でずっとつるんできたのだ。北沢との決別は、啓一との別れも意味していた。

「あいつか？　藤波《ふじなみ》ってヤクザのせいか？　おまえ、スカウトでもされたのかよ？」

「まさか。そんなこと、あるわけないだろ」

否定するのも情けなかったが、陽太はゆっくりと頭を振る。

「会いに行ったけど、門前払い食らった。えーと、正しくは車前払いつうか」

「はあ？」

「相手にもされなかった。たくさん舎弟がいてさ、近寄れもしないんだ。中でも一人、側近みたいなすげぇおっかない男がいて、次に顔を見せたら半殺しだって言われた」

「陽ちゃん……」

「みっともないよな。俺、すっげぇみっともないよ。睨《にら》まれた途端、ぶるぶる震えちゃってさ。ああ、この男は本気で言ってる、そう思ったら何も言い返せなくなっちゃって。文字通りの負け犬だよ。すごすご尻尾《しっぽ》丸めて帰ってきたんだ。俺、ほんとみっともない……」

話している間に、ポツ、と雨粒が頭やうなじに当たった。間を開けずパラパラと雨が降り始め、まさしく今の気分にぴったりだと自嘲《じちょう》する。啓一はどう返事していいのか困った様子で、何度も口を開けたり閉じたりしていた。

「と、とりあえず、部屋へ戻ろうや。な?」

「啓ちゃん、もう俺に関わんな」

たった一人の友達を突き放すのは、正直かなりの勇気が必要だ。だが、心を鬼にして陽太は言い切った。取りつく島のない声音《こわね》は、滅多《めった》に出さない本気を滲《にじ》ませていた。

「この先、俺は『川田組《かわたぐみ》』とは無縁になる。北沢さんに目をつけられたら、この界隈《かいわい》で暮らしていくのも難しいと思う。俺とつるんでたら、啓ちゃんまで巻き添えを食らう」

「陽ちゃん! おまえ、正気で言ってんのかよ!」

「いつか『川田組』の盃貰《さかずき》うって、それが啓ちゃんの目標だろ。でも、俺は多分……」

雨足が早くなり、最後の言葉をかき消していく。けれど、それで良かった。和音《かずね》の下で働きたい、と思うものの、万が一その願いが叶《かな》っても『川田組』は敵になる。啓一と敵対する立場なのだと、わざわざ宣言したくはなかった。どうせ、いずれはわかることだ。

(藤波さんの事務所に入れる望みなんて、ほとんどないけど……)

だけど、やっぱり諦《あきら》めきれなかった。どうしてこんなに、と自分でも戸惑うほど、和音の側にいたいと強く思う。離れていると、またどこかで怪我《けが》しているんじゃないか、無茶をして自分を痛めつけているんじゃないかと気が気ではなくなってしまうのだ。チカと呼ばれていた側近の男は、本当に次は容赦しないだろう。けれど、半殺しの目に遭ってもこの願いが叶うなら、何度でも挑戦してみるつもりだった。

だが、自分の我儘《わがまま》で啓一を危険に晒《さら》すわけにはいかない。陽太は濡《ぬ》れた前髪をぶるぶるっと振って雫《しずく》を払うと、彼を無視して一人で部屋へ戻ろうとした。

だが……――。

「よう、陽太。てめぇ、ようやくご帰還か。呑気《のんき》なもんだなぁ、ええ？」

苛立《いらだ》ちと嘲《あざけ》りを両方含んだ、剣呑《けんのん》な声が陽太を引き止める。大柄で逞《たくま》しい体躯《たいく》の男が、銜《くわ》えていた煙草《たばこ》をぺっと路上へ吐き捨てて笑った。

「大事なダチが身を案じて、俺にペコペコ頭を下げてたってのによぅ。本人はしれっとしてやがるたぁ、どういう了見だ？　陽太、てめぇ何か勘違いしてねぇか？」

「北沢さん……」

「きっ、北沢さんっ。や、違うんっす！　こいつ、今から北沢さんとこへ詫《わ》びに行くつもりでいたんっすよ！　そんな、こいつ、北沢さんに逆らうとかそういう考えじゃ……」

「うるっせぇんだよ、星野《ほしの》ッ！」

庇《かば》うように飛び出した啓一を、北沢が思い切り蹴りつける。膝が脇腹《わきばら》にヒットし、小柄な啓一はそのまま濡れた道路へ吹っ飛ばされた。陽太が血相を変えて駆けつけようとしたが、その前に自身のみぞおちに北沢の拳《こぶし》が深くめり込む。

「ぐはっ」

瞬時に胃液が逆流し、あわやもどしそうになった。だが、こういった痛みには身体《からだ》が慣れている。上半身を二つ折りにして何とか堪《こら》え、口の端から垂れた唾液《だえき》をのろのろと拭《ぬぐ》う。自分はともかく、道端で呻《うめ》いている啓一だけでも逃がしたかった。

「きた……ざわさん、啓ちゃん……関係な……」

「ああ、そうだな。用事があるのはてめぇだよ。けど、小蠅《こばえ》にブンブン飛ばれちゃ煩《うるさ》くてお話もゆっくりできねぇだろ？」

「話……？」

ふざけたことを、と思いながら、ゆっくりと陽太は顔を上げる。問答無用で殴りつけておいて、今更話もあるものか。下卑《げび》た笑みを無言で睨み返し、陽太は慎重に口を開いた。

「一体、何の話ですか。パチンコの席取りをバックれた、それだけですよね？」

「ほほぅ、あくまでシラを切り通すってわけか。陽太、てめぇ案外腹黒いな。人の好《よ》さそうな面《つら》で、いけしゃあしゃあとよく言えたもんだぜ」

「……何のことを言ってるのか……」

「とぼけてんじゃねぇよ。てめぇが、藤波和音を匿《かくま》ってたことはもうバレてんだよ！」

「え……」

そんなバカな。

一瞬、口をついて出そうになった言葉を慌てて呑《の》み込む。けれど、今の表情だけで肯定しているも同然だったろう。何より、北沢は己の発言に確信を抱《いだ》いている。どういうことだ、と混乱していると、北沢はさも愉快そうにこちらをねめつけた。

「上手《うま》く隠し通せたと思ってたなら、生憎《あいにく》だったよなぁ。けどな、残念なことに藤波をボコッたうちの一人はこの俺なんだよ。奴がうちのシマでガキと呑気に立ち話してるとこ見かけてよ、川田さんにゃ以前から藤波への恨みつらみは聞かされてたし、ちょっとばかりご挨拶《あいさつ》してやろうかと思ったんだよなぁ」

「なん……だって……？」

「殺さなかっただけ、感謝してもらいてぇよ。ま、噂《うわさ》通りっつうか女みてぇな顔してるくせにやたら喧嘩《けんか》慣れしててよ、こっちは三人いたけどそれなりに手傷負わされたし？　トドメ刺せなかったのは心残りだけどよ」

「北沢ァッ！」

反射的に、陽太は北沢へ飛びかかっていた。和音を数人がかりで痛めつけ、武勇伝のように語る人間が目の前にいる。そう思ったら、もう何も考えられなかった。

「てめぇ、北沢！　よくも！」

「ぐ……ッ」

むきだしの憎悪をたぎらせ、相手の腹へ思い切り頭突きを食らわせる。不意をつかれた北沢は避《よ》ける間もなく、仰向《あおむ》けにひっくり返った。すかさず跨《また》り、間髪容《い》れずに拳で殴りつける。無我夢中で二発目までは決まったが、三発目を振り上げた時、怒声と一緒に押し退《の》けられたちまち形勢が逆転した。

「ふざけてんじゃねぇぞ、チンピラがぁッ！」

陽太が起き上がる隙《すき》を与えず、強烈なパンチが左頰《ひだりほお》で炸裂《さくれつ》する。目の奥まで激痛が貫き、頭の芯《しん》がぐらぐらした。それでも怯《ひる》まず立ち向かおうとしたが、視界がふらついて力が入らない。ぬるりと生温かいものが鼻から流れ、それが血だとわかった瞬間、また殴られた。

「北沢さんっ！　やめてくださいっ！　勘弁してやってくださいっ」

「るせぇんだよ、星野ォ！　てめぇも、ぶっ殺されたいか！」

完全に頭に血が上り、北沢は狂ったように陽太を殴り続ける。泣き叫ぶ啓一の声が、まるで水中で聞くように遠くなったり近くなったりした。

（ああ、俺ここで死ぬのかな……藤波さん、もう一回会いたかったなぁ……）

場末の駄犬のまま、「この人」と定めた相手の役にもたたず消えるのか。

薄くなる意識の中で、陽太はつくづく自分を情けなく思った。後で啓一がひどい目に遭わなければいいが、と願いつつ、くり返される痛みと衝撃に抗《あらが》う気力も失《う》せていく。

（けど、いつ匿ってるのがバレたんだろう。藤波さんがいる時じゃないよな。それなら乗り込んできたはずだし……まぁ、もうどうでもいいか、そんなこと……）

へら、と笑いが浮かんできた。そう、何もかももうどうでもいい。和音に再び会える保証はないし、どのみち居場所などどこにもないのだ。家を出て、野良犬のような生活をして、遅かれ早かれこうなる運命だったに違いない。死にもの狂いで生きてこなかった、二十四年間のツケを今払わされている。それだけのことだ。

「気味の悪い野郎だな。へらへら笑ってんじゃねぇよっ！」

北沢が苛ついたように怒鳴り、赤く腫《は》れた拳を振り上げた。息が上がり、ゼイゼイと荒い呼吸が聞こえてくる。みっともないのはお互い様か、と思ったら余計に可笑《おか》しくなってきた。

「笑ってんじゃねぇええぇッ！」

ヒュッと空気を裂く音に、陽太は最後の覚悟を決める。

啓一の叫び声と、北沢の咆哮《ほうこう》。

次の瞬間には、何もかもが闇《やみ》の中へ落ちていった。

電話を切った後、和音はおもむろに上着を手に取った。そのまま無言で出て行こうとすると、背中から「どちらへ？」と静かな声で引き止められる。

「経理チェックは、もう終わります。あと五分、ご辛抱願えませんか」

「……チカ」

「では三分。――どうです？」

和音が、聞く耳などもたないのは承知の上なのだ。花房《はなぶさ》は表情も変えずに食い下がり、返事を静かに待つ。しかし、今の和音には一分一秒が惜しかった。

通常、構成員からの連絡は和音の携帯に直ではこない。花房が受け、必要と判断した用件のみ伝えることになっている。それが、先ほどの電話は直接和音にかかってきた。つまり、相手は和音と同等か上の人間ということだ。

「川田からだよ。野郎、俺に呼び出しかけてきやがった」

「そうなると、お一人で向かわせるわけにはいきませんね。場所はどこです？」

「いや……だから……」

珍しく、和音の歯切れが悪くなった。気まずい沈黙を彩るように、どぎついネオンの色彩が互いの顔を照らしている。この雑居ビルでは和音が管理するファッションヘルスが営業しており、今日は抜き打ちの経理チェックにきていた。

「昼間の、ほら、アレだ。妙な男がスーツ持って来てただろうが」

「……ああ。何だか冴《さ》えない野郎でしたね。だが、仮にも藤波さんの命の恩人だ。穏便に済ませて帰しましたよ。あいつが何か?」

「俺を匿った咎《とが》とかで、『川田組』の連中からリンチを受けてるらしい」

「………」

「た」

「わかりました」

助けに行かないと、のセリフを皆まで言わせず、花房がデスクから立ち上がる。てっきり頭ごなしに反対するかと思っていたので、和音は逆に「いいのか?」と訊《き》いてしまった。部下に伺いをたてるなんてありえなかったが、こればかりは異例の事態だ。何しろ向こうの狙《ねら》いは見え見えで、陽太を餌《えさ》に和音を引っ張り出したいだけなのだから。

「総長を助けた人間を見殺しにしちゃ、日向組長に俺が叱《しか》られます。任侠《にんきょう》道を重んじ、昔気質《かたぎ》で一本筋が通ったお方ですからね。藤波さんも俺も、あの人にヤクザの生き方を叩《たた》き込まれたようなもんだ。聞いちまった以上、知らん顔はできないでしょう」

「へぇ……ずいぶん真っ当なことを言うんだな。チカのことだから、俺には行くなって言うかと思ってた。ゴネないでくれて助かるぜ」

「足留めするのは簡単ですが、あなたに恨まれるのは叶《かな》わない」

ニヤリ、と意味ありげに笑って、花房は隅に控えていたマネージャーを振り返った。

「今年の四月と六月、使途不明金が三百万。それと、店の子からの返済が四人ばかり滞ってんのはどういうわけだ。てめぇ、自分のポケットに収めてんじゃねぇだろうな」

「ちっ、違いますっ。あ、や、すぐ！　すぐ調べますんで！」

「三時間後に戻ってくる。それまでに、全部洗っとけよ」

「はいいっ」

商売柄、海千山千の人間をひと睨みで縮み上がらせる眼力は大したものだ。三時間か、と和音が苦笑混じりに呟くと、花房は「長すぎましたかね」とうそぶいた。

雑居ビルを出て、出迎えの舎弟を適当な理由で先に帰す。花房が一緒なので、特に問題なく「お気をつけて」と見送られた。餌がチンピラ一匹となると、全面戦争でもない限り大勢を引き連れて乗り込むのは得策ではない。そこで、和音たちはタクシーを拾って二人だけで向かうことにした。

「川田の野郎は、どうせ高みの見物だ。現場には来てねぇだろう」

「まぁ、そうでしょうね。どうせ、今夜の件も若い者が勝手にやった、指詰めさせて破門にしたから水に流せ、って筋書きですよ。要は、下っ端の暴走に便乗して藤波さんを痛めつけたいだけだ。ガキなんですよ、腹いせの仕方が」

「戦争仕掛ける気なら、いつだって受けてたってやるのによ」

窓外を流れる繁華街の景色に、和音はいつしか陽太を重ね合わせる。それから、あまりのそぐわなさに知らず笑いがこみあげてきた。あの男だって夜の街で何年も生きてきた人種のはずなのに、連想するのは真昼の公園や夕暮れの家路だ。それが可笑しくて懐かしい。

「バカ犬……」

小さく、口の中で呼んでみた。

見えない尻尾をたて、まっしぐらに走ってくる陽太を想像して、少しいい気分になった。


和音が半死半生の客を連れて帰ったので、翌日から事務所内は騒然となった。しかも、その客が身内ではなく『川田組』傘下のチンピラなので尚更《なおさら》だ。

「俺は俺は、情けないっすよ。何で花房さんと二人で乗り込んだりしたんすか！」

「そうですよ、藤波さん。そりゃあ、花房さんがいれば百人力なのはわかってます。けど、何も雑魚《ざこ》の集まりにトップが相手しなくたっていいじゃないですか」

「藤波さんが自ら動くなんて、どんだけ大人物なんですか、そいつは」

案の定、和音を兄貴分と慕う連中から、口々に文句や苦情が寄せられた。普段はここまであけすけな口を利かない輩《やから》たちだ。それくらい、和音の行動は心外だったのだろう。

だが、彼らも陽太——クリーニングの袋を抱えて「藤波さん！」を連呼した、いかにも喧嘩の弱そうなチンピラ――が、和音の介抱をした恩人だと聞かされてからはいくぶんおとなしくなった。仁義を欠いて極道は務まらない、という少々時代錯誤な組の信条に、心から賛同して付いてきた者たちだからだ。

「でも、一つだけ納得いかないっす」

舎弟の中でも一番下っ端で、皆のパシリ扱いされている奴がむうっと呟《つぶや》いた。

「なんで、藤波さんのマンションで寝泊まりさせてるんすか。看病なら、俺たちが交替でしますよ。俺たちのアパートでいいじゃないすか。贅沢《ぜいたく》っすよ!」

「男三人がごみ溜《だ》めみてぇにしてる2DKのアパートに、瀕死《ひんし》の怪我人寝かせられるか。それに、看病なんかしてたら女も連れ込めねぇぞ。いいのか?」

「それは……」

意地悪く和音が問い返すと、彼はたちまち返答に詰まる。だが、さすがにそれ以上の文句は控えたようだ。もとより、和音のやることに口出しする権利など彼らにはない。

「チカ、川田の方は何だって?」

「読み通りですよ。藤波さんに連絡したのは、恩人の窮地を教えてやろうって仏心だった、しかし組長の自分が、下っ端の小競り合いにしゃしゃり出ちゃ示しがつかない、後始末はこちらでやっとくから俺の顔に免じて穏便に済ませてほしい……だそうです」

「けっ。あくまでシラを切り通す気かよ。どうせ組員を煽《あお》ったのはてめぇだろうに」

「そのセコさが、いつか奴の命取りになりますよ。頭は足りない、武闘派でもない、金と媚《こ》びと要領の良さで伸《の》し上がった小者ですからね。周りに媚びない藤波さんが同じように出世するのは、どうしても嫌なんでしょう。劣等感を刺激されるんですよ」

「ふん。とにかく、俺が乗り込んで引き取った以上、陽太はもう返さねぇぞ」

花房が苦々しく思っているのは承知で、一応の念押しをしておいた。思いがけず面倒を背負い込むことになったが、こうなれば乗りかかった舟と割り切るしかない。あのぼろアパートで陽太に介抱された時から、彼とは縁が生まれていたのだ。

わかりました、と言葉にする代わりに、花房は短く頭を下げた。芯から納得させるにはもう少し時間がかかるだろうが、後は陽太の働き如何《いかん》にかかっている。腹を据《す》えてヤクザ社会の住人になるか、きっぱり足を洗ってまともに生きていくか。選択の自由は彼にあるが、いずれにせよ怪我が完治しないことには始まらない。

「しかし、あいつタフだったよなぁ」

デスクの上に両足を投げ出し、銜え煙草を上下させながら和音は呆れ顔で言った。

「俺たちが到着するまで、殴る蹴るで二時間は暴行受けてたんだぞ。そんでも、俺の顔を見てニヤリとしやがった。鼻血だらけの汚ねぇ顔でよ」

「身体つきもしっかりしているし、若くて体力があるんでしょう。折れたのも肋骨《ろっこつ》程度、あなたといいあの若造といい、頑強なのはけっこうなことだ」

「ずいぶん老けたこと言うな、チカ。おまえだって、四捨五入すりゃ三十じゃねぇか」

「三十三です。俺がもうちょっと年嵩《としかさ》なら、睨みが利くんですが」

真顔で言っている辺り、本気で残念に思っているようだ。しかし、花房の佇《たたず》まいはとても年相応とは言えず、醸し出す威圧感は相当なものだった。和音が出会った時にはすでに原型が出来上がっていたので、若い内からかなりの修羅場をくぐり抜けてきたのだろう。

「ま、とにかく成り行きとは言え、こうなったからには仕方ねぇや。陽太がしゃべれるようになったら、身の振り方を決めさせる。それでいいな？」

「無論です。……しかし」

「ん？」

「うちの組に、雑魚を飼う余裕はありません。足手まといだけは勘弁願いますね」

口の端に皮肉な笑みを刻み、花房が珍しく口数を増やした。だが、陽太を足手まといと判断するのが早計なことは、彼だってわかっているはずだ。何しろ、和音が感嘆を覚えるほど陽太は強靭《きょうじん》な体力と精神力を見せたのだから。

「案外、化けるかもしんねぇよなぁ」

花房にも聞こえないよう、ごく小さく和音は呟いた。

「あ、お帰りなさい。今日も一日、お疲れ様でした」

「てめぇ……」

玄関を開けるなり、視界に鬱陶《うっとう》しい笑顔が飛び込んできた。和音はたちまち機嫌が悪くなり、出迎えた相手をきつくねめつける。露出した部分を覆う包帯と絆創膏《ばんそうこう》、赤黒く変色した痣《あざ》に無数の擦《す》り傷と切り傷。ざっと目につくだけでも惨状と呼ぶに相応《ふさわ》しいのに、そぐわぬ明るい笑顔を見せられても不気味なだけだ。

「化け物みてぇな面で微笑《ほほえ》むなっ。気色悪ぃな」

「すっ、すいません。でも、いつまでも寝てるわけにも……」

「医者は、十日間の絶対安静って言ってたぞ。今日で何日だ？　ああ？」

「……四日目です」

シュンと項垂《うなだ》れて、陽太が答える。ベッドから降りられただけでも大したものなのに、部屋の奥からは何やら美味《うま》そうな匂《にお》いまで漂ってきた。和音はちっと舌打ちをし、陽太を無視してキッチンへ向かう。案の定、ダイニングテーブルには新婚家庭と見紛うばかりの手料理がラップをかけてズラリと並べられていた。

「あの、冷蔵庫にいろいろ入ってたんで……」

後ろから痛めた右足を引きずって、ひょこひょこと陽太がついてくる。余計な真似《まね》をした

という自覚はあるのか、いくぶん申し訳なさそうに彼は言った。

「勝手に使っちゃってすみません。その……せめてものお礼というか」

「ああ?」

「や、だから、つまり、迷惑を……おかけしちゃったんで……」

肩越しに振り返る和音に、びくびくしながら説明を試みる。そんなにビビるくらいなら最初からおとなしくしていれば良いものを、と溜め息が零《こぼ》れ、何だか目くじら立てるのもバカバカしくなってしまった。

(ダメだな、これは。早く他の部屋見つけてやんねぇと……)

和音が一人暮らしを始めたのは、『日向組』から看板を分けてもらってからだ。それまでは花房のマンションに同居し、家事は出入りの舎弟たちに任せていた。現在も引き続き花房はそうしているが、もともとテリトリー意識の強い和音は独立を機に組員の立ち入りを禁じている。だから、帰宅して料理ができているとか「お帰りなさい」と出迎えられるとか、そういう所帯臭《くさ》いノリとは無縁でやってきていた。

――そう、それで日々は快適だったのだ。

「……マメマメしく煮物なんか作りやがって」

毒でも仕込んでいるんじゃないか、という目つきで圧力鍋を睨みつけ、次いでテーブルの里芋とイカの煮物に視線を移す。他にもブロッコリーのサラダやヒジキ入りハンバーグ、玉ねぎと溶き卵の味噌《みそ》汁など、『お袋の味』感が満載の献立だった。見た目も美味《うま》そうだし、どれも温めればすぐ食べられる状態にしてある。しかし、和音は興味を失くしたように背中を向けると、そのまま寝室へ向かい始めた。

「あっ、あの！　夕飯、食べてきちゃいましたか？」

「もともと、夜はあんまり食わねぇ。つか、家で飲み食いはあんまりしねぇ」

「そ……うですか……」

あからさまに声に落胆が滲《にじ》み、見なくても項垂れた様子が手に取るようにわかる。大方、『川田組』でパシリをやっている頃もちょくちょく兄貴分の飯を作らされていたんだろう。それがわかるだけに、何だか余計に腹立たしい。

「おまえは食ったのかよ、陽太」

「え、俺ですか？」

「いや、愚問だったな。俺が〝よし〟って言わなきゃ、食うわけないもんな。じゃあ、おまえが責任もって全部食え。もう、固形物食っても戻したりしねぇんだろ？」

「それは大丈夫……ですけど……」

まったく、驚くほどの回復力だ。少し前まで自分も似たような状況だったので、陽太の夕フさには感心するばかりだった。寝室のドアノブにかけた手を止めて、和音は深く息を漏らす。それから、おもむろに背後の陽太を振り返った。

「冷蔵庫の食材は、週に一度スーパーから適当に配達がくる。掃除洗濯は、三日に一度通いの家政婦がきて片づける。チャイムには出る必要はない。電話はないから、連絡は自分の携帯を使え。現金が必要なら、リビングのサイドボードの引き出しだ。他に質問は？」

「あっ、あります」

「何だよ、言ってみろ」

「藤波さんの好物って何ですか？　今度は、俺、それを作りますから」

「…………」

頭の悪すぎる発言に、握った拳がぶるぶる震える。こいつは、何もわかっていない。

「作っても無駄だ。食わねぇから」

「ダメ……ですか」

「んな、あざとく肩を落としてもダメなもんはダメだッ。つか、おまえ鬱陶しいぞ」

「だけど、俺は藤波さんに返せるものが何もないんです。せめて、この身体くらいは好きに使ってください。俺、何でもしますから！」

「勘弁してくれよ……」

やっぱり、時代遅れな義俠《ぎきょう》心など邪魔になるだけじゃないだろうか。

陽太を引き取ったことを早くも後悔しつつ、和音は懸命に言葉を探した。呑気な言動とは裏腹に、彼は意外とずる賢い。言い方を変えれば、けっこう頭がいい。当然、さっきのセリフだってわかっていてとぼけたのだろう。口先だけのごまかしでは、何だかんだと理屈をこねて奴の好きなように持っていかれかねない。

（面倒を避けるなら、思い切り傷つけてやりゃあいいんだろうけど）

この際手っ取り早い方法を取るべきか、和音は少し迷った。しかし、回復は万全ではないし、ここで突き放すなら初めから助けになど行くべきではない。

（厄介《やっかい》な奴に、借りを作っちまったよな）

黒目を輝かせて次の言葉を待っている陽太に、つくづくまいったと溜め息が出た。

普通ならとっくにキレて蹴りの一つも入れているはずなのに、どういうわけか彼が相手だと怒りが持続しない。もっとも、そうでなければ介抱された時点でアパートに長逗留《とうりゅう》などせず、どんな手段を使ってでもさっさと帰っていただろう。

（要するに……アレだ。俺の中で、こいつに対してだけ許容範囲が広いのか）

これはもう、「命の恩人だから」では理屈が合わなかった。花房が良い顔をしないのも、当たり前だ。今後、陽太に何か起きた時、自分ははたして合理的に動けるだろうか。

「えーと……藤波さん、食事はしないなら風呂はどうですか。俺、お湯を溜めてきます」

「ああ？」

「いや、だって、ずっとドアノブ握ったままボンヤリしてるから。お疲れなんじゃゃ……」

「誰のせいだと思ってんだよ、コラァッ！」

「すっ、すいませんっ」

カッとなって怒鳴りつけると、亀のように首を引っ込める。だが、陽太の表情はどこか晴れやかだった。以前は常に困っているような、行き場のない目をしていたが、今は怒鳴られている時でさえ何だかイキイキとしている。

(そんなに嬉《うれ》しいのかよ……俺んところへ来て)

怪我人相手に怒っているのがバカらしくなり、和音はふっと肩の力を抜いてみた。それからドアを背に陽太へ向き直り、その顔を至近距離から見上げてみる。

「……なぁ」

「はい」

「おまえさ、俺のことが好きだよな?」

「………」

それは「一+一は二だよな」というのと、まったく同じ口調だった。我ながら感心するほどスルリと口から出て、そこに何の違和感も感じない。

だが、言われた陽太の方はそうでもなかったようだ。ただでさえ痣や腫れで青かったり赤かったりする顔が、それはもう無残なまだら模様になっている。昴《すばる》が見たら恐怖で泣くぞ、と思いながら、和音は辛抱強く返事を待った。

「す、好きっていうか、憧れてるって話は前もしたし。え、いや、何ですか急に」

「急でもないだろ。だって、おまえ〝借りを返せ〟って言って俺に……」

「い、いや、あれは……ッ！」

「あァ？」

この期《ご》に及んで言い訳か、と冷ややかに見つめると、相手はぐっと言葉を呑み込んだ。けれど、黙ったままではまずいと思ったのか、再びしどろもどろに口を開く。視線は挙動不審に周囲を彷徨《さまよ》い、彼の動揺を如実に物語っていた。

「い、今それを言うのって……反則じゃないですか。あれは、その、藤波さんに……二度と会えないだろうって思ったから、それで、その……」

「また〝すいません〟か？　てめ、今度それ言ったらブチ殺すぞ」

「そんなぁ……」

しおしおと元気をなくす陽太に、和音は内心面食らう。「覚えていてくれたんですか」と無邪気にはしゃぐのではないかと、密《ひそ》かに予想していたのだ。もしや、陽太はあのキスを「なかったこと」にしてほしいのだろうか。そう思うと、無性に腹が立ってきた。

「で、どうなんだよ。さっさと俺の質問に答えろ」

苛々しながら詰め寄ったが、陽太は早くも及び腰になっている。これでは立場が逆だろ、とますます理不尽な思いにかられ、和音も引くに引けなくなった。

「おまえ、俺のことが、好きなんだよ、な？」

「え……や……」

「憧れとか寝ぼけたやつじゃなくて、犯《や》りてぇとか、チンコが勃《た》つとか、そういう意味で好きなんだよなぁ？　あ、それともてめぇが掘られたい方か？　そうなのか？」

「藤波さぁん」

もはや色気のぃの字もなく、カツアゲでもしている様相だ。相手は半泣きだし、こちらはこめかみに青筋が立っているし、殺伐とした空気が廊下に充満していた。

「……ったく。何で、俺がムキになんなきゃなんねぇんだよ」

自慢じゃないが和音はあまり色恋に興味がなく、寄ってくる女から適当に後腐れがなさそうなのを選んで抱く程度だ。要するに、相手が男だという事実を差し引いても、こんな風に色絡みで真面目に対峙《たいじ》したことなど皆無だった。

陽太が自分を好いている、そこには自信がある。ただ、ヤクザの世界には往々にして濃すぎる絆《きずな》のようなものが存在し、それはともすれば男女の仲よりも深くなる。陽太のキスは借りを返すつもりで受け入れたが、もしかしたら彼の勘違いの賜物《たまもの》だったのかもしれない。

「ああ、もういいや。やめたやめた」

「え……」

「別に、俺がこだわる必要なんかねぇんだよ。おまえが俺に惚《ほ》れていようがいまいが、そんなの関係ねぇもんな。知ってどうなるってわけでもねぇし」

「…………」

唐突に何もかもが面倒臭くなり、和音は全部投げ出した。陽太の気持ちを確かめたところで、自分が彼に応《こた》えられるわけではない。ただ、純粋な好奇心で訊いてみただけだ。

それに、と不本意ながら心の中で付け加える。

万が一「勘違いでした」とか「なかったことに」なんて言われたら、ホッとするどころか非常に面白くない。コケにされたようで気分が悪いではないか。

「あの……藤波さん、俺……」

「……寝るわ」

「えっ？」

「絡んで悪かったな。おまえも、適当なところで休め。じゃあな」

「ま、待ってください！」

部屋へ入ろうとした和音の腕を、陽太が慌てて摑《つか》んできた。血相を変えた表情は、緊張を帯びて険しくなっている。何も知らない奴が見たら、すわ刺客かと思うほどだ。

「てめ、気安く触るんじゃ……」

「好きです！」

世の中のあらゆる武器にも勝る、破壊力抜群のセリフが飛び出した。

「俺は、藤波さんが好きです！　憧れとかそういう意味じゃなく、本当はあなたに触ったり触られたり、独占したりされたりしたいです！」

「さ……わるって、おい……」

どこをだよ、とツッコみたくなったが、必死の形相《ぎょうそう》に気圧《けお》されて何も言えなくなる。下手《へた》に刺激したら、冗談でなくこの場で押し倒されかねない。相手は怪我人だし、和音が本気になれば指一本触れさせたりはしないが、その前に気迫負けしそうな勢いだった。

「と、とにかく離せ。そんで落ち着け」

「安心してください。俺、藤波さんとどうにかなろうなんて思っちゃいません」

「え……でも、おまえ今……」

「そこまで自惚《うぬぼ》れてなんかないです。立場も弁《わきま》えてます。だけど、藤波さんが俺とのキスを覚えていてくれたなんて思ってなくて。俺、びっくりして……だって、あんなの藤波さんにしてみれば嫌だったろうし。けど、義理があるから我慢してくれたんだって、俺、ちゃんとわかってますから。その、変に期待したりつけ上がったりとか、絶対しませんから」

「陽太……」

だから側に置いてほしい——そう陽太の目が訴えていた。彼が何より恐れているのは、和音から引き離されることなのだ。怖いくらい必死なのはそのためか、と和音は得心した。

「でもよ」

微熱にうかされた目を見つめ返し、真《ま》っ直《す》ぐ問いかけてみる。

「おまえ、俺が好きなんだろ？」

「う……」

「触ったり触られたり、独占したりされたりしたいんだろうが？」

「そ、それを訊いてどうするんですか……」

一瞬前までの気迫が嘘のように消え、陽太は恨みがましい顔になった。確かに、訊いてどうするのかと和音も思う。けれど、もう一度確かめずにはいられなかったのだ。

「どうもしねぇよ。しねぇけど……何だろうな、おまえが俺をオンナみたいに見てるってのが不思議なんだよな。おまえ、根っからホモなのか？　男が好きなのか？」

「えっ、違います。いや、断言はできないけど、違うと思います。だって、俺が男を見てどうにかしたいと思ったのは藤波さんだけだし。あ、どうにかっていうのは言葉のアヤで」

「言い訳はもういい。いい加減ウゼェよ」

「……すいません」

すっかりいつもの陽太に戻り、しょんぼりと項垂れる。すでに見慣れた光景になりつつあるが、何となく和音はいい気分になった。こいつは俺が好きで、でもどうにかできるとはハナから思ってなくて、悪さはしないから側に置いてくれと言っている。胸の中で反芻《はんすう》しただけで、奇妙な愛《いと》おしさがこみ上げてくる。

おかしな感じだな、と和音は思った。自分を見て欲情するような男、気味が悪くてすぐにも追い出したいと感じるのが普通だ。それなのに、陽太の視線が心地好い。欲望を必死で抑え込み、それでも滲み出てしまう色が和音をぞくぞくさせる。

「なぁ、陽太。おまえのこと、俺が〝躾《しつ》け直してやる〟って言ったの覚えてるか？」

「あ、はい。覚えてます」

即答してきたことに微笑み、和音は自分から彼と距離を近づけた。案の定、陽太は動揺し、その顔に仄《ほの》かな朱が走る。

「あの、藤波さん……？」

「じゃあ、おまえ〝待て〟はできるか？」

「え？」

「俺が〝待て〟って言ったら、どんな状況でも従うか？」

「…………」

ゴクリ、と生唾《なまつば》を呑む音が聞こえた。

やっぱり、こいつは察しがいい。和音がこれから何を仕掛けようとしているのか、そこに含まれる約束事は何なのか、瞬時に理解したようだ。

「え……と……」

「――陽太」

自然と、唇に笑みが浮かんだ。こいつは俺のものだ、そう胸で呟いてみた。

顔が近づく。悔しいが背が足りないので、少しだけ踵《かかと》を浮かせる。両腕を伸ばして相手の首へ回すと、彼の身体が緊張で固くなった。和音が柔らかな力で引き寄せると、遠慮がちに屈《かが》んで顔を覗き込んでくる。すぐ間近で視線が絡み、陽太はぱちぱちと瞬《まばた》きをした。

「あの……これは……」

上ずるように発せられた言葉が、吐息となって和音の唇を濡らす。くすぐったさを堪《こら》え、更に自分から距離を近づけてみた。

もう少し、あと数ミリのところで動きを止める。

どちらかが溜め息を零したら、そのまま重なってしまうだろう。

「藤波さん」

陽太の唇が名前を刻み、その動きが和音の唇に触れた。

「藤波さん、あの」

「待て」

すでに触れ合っているにも拘《かかわ》らず、深く押し付けずに低く囁《ささや》く。その途端、陽太の瞳が困惑に染まり、やがて唇が微かに震え出した。立ち上る微熱が互いの鼓動を焼き、身体がじわりと熱くなる。甘美な目眩《めまい》に誘われるまま、和音は思わず瞳を閉じた——刹那《せつな》。

「んぅ……ッ……」

噛みつくような口づけが、全《すべ》ての呼吸を奪いさる。拒む間もなく唇をこじ開けられ、熱く湿った舌が乱入してきた。ドアに押し付けられ、身動きもできないまま、和音は獰猛《どうもう》な口づけを受け入れる。荒く乱れた息が合間に零れ、その音にまた肌が火照《ほて》った。

「ん……ん……う……」

熱い。痛い。苦しい。

支配され、快感を引き摺《ず》りだされ、溢《あふ》れる唾液を舐《な》め啜《すす》られる。

陶酔と呼ぶにはあまりに激しい感覚が、指先まで侵していくようだ。

「藤波さん……藤波さん……」

「……ん……く……」

「好きです……藤波さん、好きです……」

擦《こす》れる唇が「好きだ」とくり返し、そのたびに新たな情動を生んでいく。

髪を掻《か》き回され、口腔《こうこう》内を蹂躙《じゅうりん》されながら、和音はかつてない快楽に身を浸していた。

屈辱など感じる余裕もなく、荒々しい口づけに溺《おぼ》れていく。捻《ね》じ込まれた舌に存外巧みな愛撫《あいぶ》で翻弄《ほんろう》され、幾度も甘い痺《しび》れが全身を走った。

「あ……は……っ……」

ずる、とドアに凭《もた》れたまま床へ座り込む。しがみつく手に引っ張られ、陽太も倣《なら》って膝を突いた。艶《なま》めかしく漏れる吐息は、とても自分のものとは思えない。聞かれるのは不本意だが、理性が上手く働かなかった。

「こ……の……」

ようやく解放され、溜め息と共に悪態を吐《つ》こうとする。だが、すぐに和音は諦めた。好奇心から煽ったのはこちらだし、キスの一つや二つでグダグダ言うのは男らしくない。

「あ、あの、すいません。大丈夫……ですか……」

「あァ？」

ムッとして上目遣いに睨みつけると、先ほどまでの強引さはどこへやら、陽太は真っ青な顔でオロオロしている。大方「待て」を聞かなかった自分に、どんなお仕置きが下されるのかと不安にかられているのだろう。

やがて。

驚いたことに、陽太の両目からぽろぽろと涙が零れ落ちてきた。いい年をした青年が取り繕いもせずに泣く姿に、和音はひたすら呆然《ぼうぜん》とする。かける言葉どころか、思考そのものが止まった状態でポカンと眺めていたら、ようやく相手が口を開いた。

「おっ、俺、すい、すいませんっ」

「…………」

「〝待て〟って言われたのに、我慢、できなくてっ……もう、どうしようもなく……藤波さんのことが……好きで……っ……すいません……ッ」

大粒の涙は、とめどなく流れ続ける。生まれてこの方、こんなにてらいもなく泣く人間を見るのは初めてだった。恐怖や恨み、嫉妬《しっと》や憎悪など、ヤクザ稼業をやっていればあけすけな感情をぶつけられるのは日常茶飯事だが、陽太の涙はそのどれとも違う。

何なんだ、この生き物は。

呆気に取られながら、胸の中で呟いた。先刻まで理性を失ったかのように強引なキスをくり返していたくせに、我に返った途端、駄犬に逆戻りだ。涙でぐちゃぐちゃの情けない顔は、癒《い》えていない傷と相まって悲愴《ひそう》の一言に尽きる。

「と……りあえず……」

つられたのか、和音の声まで掠《かす》れていた。舌打ちをし、改めて話し出す。

「とりあえず、泣くのはやめろ。てめ、男だろうが」

「はっ、はい……っ」

「それから、さっきのは忘れろ。あれは、俺も悪かった。何つうか、その、おまえを試すみたいな真似《まね》したからな。とにかく、あれはもうなしだ。いいか？」

「なし……ですか？」

「当たり前だろうがっ」

拍子抜けした顔で問い返され、つい口調が荒くなった。あんな熱烈なキスを「あり」にしたら、今後の貞操の危機に関わる。腕力では絶対負けないはずなのに、先ほどは陽太の手を振り払うこともできなかった。それを思えば、用心するに越したことはない。

「なしですか……」

もう一度くり返し、陽太はしょんぼり肩を落とした。涙はやっと引っ込んだようだが、目に見えて落ち込んでいる。だが、和音が翻意しないとわかったのか、ぐいっと乱暴に目元を拭うと、気を取り直したように微笑んだ。

「わかりました。もうしません」

「そ、そうか」

「ちゃんと〝待て〟も覚えます。だから、もう少し藤波さんの側にいてもいいですか？」

「……まぁな」

「ありがとうございます！」

何となく調子の狂う思いで頷《うなず》くと、ぺこりと頭を下げられた。何はともあれ、これでおかしな雰囲気になることはなくなるだろう。和音は自分へそう言い聞かせ、陽太の手を借りて立ち上がる。もうしない、と誓わせたのはこちらなのに、爽《さわ》やかな表情を見ていたら少しだけ裏切られたような気持ちになった。

「おやすみなさい、藤波さん」

ドアを閉める寸前、静かに声がかけられる。

好きです、と訴えていた時に感じた熱は、もう滲んでいなかった。

5

凄《すご》かった、と啓一は記憶を反芻《はんすう》するたびに思う。

友人の霧島陽太《きりしまようた》が兄貴分の不興を買い、殴る蹴るの暴行を受けた時に「このままでは殺される」と恐怖にかられた。冗談じゃない、こんな死に方をさせてたまるか、と無我夢中で止めに入ったが、もともと喧嘩は得意ではない。小柄で非力で、どんなに場数を踏んでも殴られる回数が増えるだけだ。そんな自分に、陽太が救えるはずもなかった。

(逆のことなら、何度かあったけど)

陽太は、歯がゆくなるほど自己評価が低い。実際、アウトローな世界など向いていないとは啓一も思う。だが、本質はそう捨てたものではないことも知っていた。

唯一の取り柄と言っている逃げ足の速さは、彼の頭が切れ、状況判断が的確なのを示している。瞬発力、俊敏力も申し分ないし、本気にさえなれば運動能力が高いことを窺《うかが》わせた。

他人を殴るのが嫌だ、という一点に於《お》いて台なしになっているが、もしかしたらチンピラで燻《くすぶ》っている器ではないんじゃないか、という気もしている。

(普段はおとなしいけど、火がつけば豹変《ひょうへん》しそうなところもあるしなぁ)

北沢に殴られていた時も、藤波和音の名前を出された途端、一変した。途中で我に返りさえしなければ、あのまま北沢を殴り倒していたのではないかと思う。それほどに、怒りにかられた陽太はゾッとする迫力に満ちていた。あれが彼の隠された側面なら、名前だけで引き出した和音はよほど特別な存在なのだろう。

（いや、特別なんだよ。それは、もうばっちりわかったよ……）

椅子《いす》に座らされ、後ろ手に縄で縛られたポーズのまま啓一は嘆息した。

いくら綺麗《きれい》な顔をしているからといって、相手はれっきとした男だ。けれど、陽太が和音について語る顔は恋する人間特有の熱に浮かされており、ヤクザ社会に顕著な「兄貴分の侠《おとこ》気《ぎ》に惚《ほ》れて」なんていうものとは一線を画していた。

（まったく、何をトチ狂ったんだか。大体、見た目は良くても中身は叩き上げの極道だぞ。凶暴だし口は悪いし、俺に襲いかかった時だって笑って腕を折ろうとしたじゃねぇか。下手《へた》に関わったら無傷じゃ済まねぇ相手だって、陽ちゃん、わかってんのかよ）

事実、北沢に暴行を受けた際、本来ならあそこで終わるはずのリンチが場所を変え、人数を増やして再開されたのは彼のせいだった。陽太が和音を匿っていたと知った川田が、北沢に命令して和音を誘き出す餌《えさ》にしたのだ。

（けど、真剣にヤバいよな。川田さん、マジで戦争おっぱじめる気らしいし。餌にされた陽ちゃんは、このこと知ったら絶対無茶やらかしそうだしなぁ）

ふぅ、ともう一度大きく溜《た》め息をつくと、腫れた頬がひりひり痛んだ。

意識を失《な》くした陽太を後から来た『川田組』の連中が車へ連れ込み、北沢の先導でどこかへ運んでいった。残された啓一は自身も満身創痍《そうい》の身体をおして拉致《らち》された場所を突きとめたのだが、それがここ——街外れの廃工場だったのだ。以前から『川田組』がリンチやクスリの取り引きに使っていたので見つけるのは容易だったが、こっそり忍び込んだ啓一が見たものは、あまりにも凄惨《せいさん》な光景だった。

(たった二人で六人……いや見張りも入れたら八人はいたよな。あれ、全部瞬殺に近かったし。てか、俺が目撃した時はほとんど倒されてたけど、息も乱してなかったよなぁ)

思い出すだけで、今も身震いがする。ボロ雑巾《ぞうきん》のように横たわる陽太の脇で、和音ともう一人、大柄な男が北沢たちを相手に立ち回りを演じていた。彼らは無駄な動きのない絶妙なコンビネーションで、確実に相手をのしていく。拳一つ、蹴り一発の破壊力は相当らしく、食らった相手はろくな反撃もできずに昏倒《こんとう》していった。

(鉄パイプだのナイフだの、北沢さんらが武器を出したところで全然形勢は変わんなかったな。逆に振り回して動きが大きくなった分、隙だらけのところを突かれてたし)

物陰から息を詰めて見守っていたが、片づくのにかかった時間は十分かそこらだっただろう。和音と男は無様に蠢《うごめ》く連中を見下ろし、良い運動だったと言わんばかりに笑んだ。その酷薄な顔を見た瞬間、啓一の全身に鳥肌が立つ。同時に、陽太はとんでもない奴に惚れたんだな、と同情にも似た気持ちが胸に湧《わ》いた。

『……藤波さん』

大柄な男の方が、ふと和音の襟元《えりもと》へ手を伸ばす。何をする気だろう、と注意して見ていたら、彼は慣れた手つきで乱れたシャツの襟を正し、上着の皺《しわ》をさっと伸ばした。さながら上流階級の主人と召使のように、ごく自然な空気が二人を包む。世話をされるのが当然といった面持ちの和音は、男の手が離れるや否《いな》や床へ屈んで陽太の容態を確認し始めた。

(何か、絵になるっつうか、カッコいい二人だったよなぁ。喧嘩は強いし息は合ってるし、どっちも見惚《みと》れるくらい男前でさ。あんな側近が付いているんじゃ、藤波さんとこへ行ったとしても陽ちゃんの出番なんかねぇじゃんか)

あれが、以前から噂に聞く花房一華《いちか》という男に違いない。

見ていた啓一は、ようやく気がついた。和音や川田が配下に属する『日向組』で、かつて組長の懐刀と呼ばれた男だ。

(そういや藤波さんが看板分けで独立した時、花房さんがついていったって聞いて、川田さんがえらい荒れてたもんなぁ。あのまんま『日向組』にいりゃ若頭にだって上り詰めた男が、何でわざわざ小僧の下に付くんだって。あれ、やっかみだったんだな)

なまじ和音が際立った容姿の持ち主なせいで、色仕掛けだ男妾《おとこめかけ》だ、はては花房の愛人だったんだと様々な噂が流れたものだ。和音自身の働きで周囲を黙らせるようになるまで、川田も二言目にはそんな話を吹聴していたように記憶している。

（考えてみりゃ、うちの頭はずいぶん器が小せぇんだなぁ）

薄々、勘付いてはいたことだ。だが、今まではあえて見ない振りを通してきた。しかし、いよいよ啓一も現実と向き合う時期が来たようだ。

「調子はどうだ、星野。ま、椅子に縛られっ放しで良いわきゃねぇか」

「く……ッ」

髪の毛を鷲《わし》掴みにされ、無理やり上を向かされる。眼帯に包帯、松葉杖《づえ》をついた哀れな姿で、北沢がニヤニヤ笑っていた。口の端は青黒い痣《あざ》になり、無事な方の左目も白目が真っ赤に鬱血《うっけつ》している。和音と花房が叩きのめした連中のうち、唯一入院を免れたのだ。

「川田さんもなぁ、そろそろ頃合いかって言ってんだよ。上手いこと、陽太の野郎を藤波が連れ帰ってくれたしな。ま、てめぇはそのオマケってところだ。悪く思うなよ？」

「き……たざわ、てめぇ……」

「何だ、その口の利き方は。ああン？」

バシッと平手で強く殴られ、目から火花が飛び散った。和音たちが陽太を連れて引き上げた後、啓一は別の組員たちに捕まってそのまま監禁されているのだ。陽太の友人なら何か使い道があるだろう、と言われたが、要は北沢の鬱憤《うっぷん》晴らしにされているだけだった。

「ま、てめぇの様子が変だってんで少ぉし注意深く観察していたら、陽太のアパートに藤波がいた事実に突き当たったんだ。もっと早く気づいていりゃ、乗り込めたのによぉ」

「…………」

「何だよ、その目は。恨むんなら、口の軽い自分を恨みな。ところ構わず愚痴を零すから、大事なお友達にまで迷惑かけてんだろ？　なぁ？」

悔しいが、北沢の言葉は本当だ。陽太のアパートで和音に遭遇した後、親友の自分にまで内緒にしていたのかと啓一は大いに憤慨した。それをうっかり飲み屋で口にしたところを、間の悪いことに『川田組』の人間に聞かれていたのだ。

「要するに、自業自得ってやつだな。バカは結局バカなまんまなんだよ」

髪の毛を摑んだ右手を左右に振り回し、北沢が下卑た笑い声をあげた。だが、啓一には抵抗する力も残っていない。もう四日間もこの調子で、昼となく夜となくいたぶられているのだ。北沢が半死半生の怪我人なのでまだ助かっているが、陽太を死ぬほどの目に遭わせた罰《ばち》が当たったんだと半ば諦めの境地だった。

(陽ちゃん……無事だったかな。藤波さんが一緒なら、ちゃんと手当てしてもらったよな。ごめんな、俺のせいで……俺がバカだったばっかりに……)

反抗を止めたのが気に食わないのか、二度、三度と往復ビンタが飛んでくる。唇が切れ、血の味が口に広がったが、啓一は最後の意地で声を漏らさなかった。

「まさか、お一人で来たんですか。外出は必ず護衛をつけろと言ったでしょう」

朝一番で叩き起こしたせいか、珍しく花房の髪に寝癖がついている。普段、一分の隙もなく高級スーツを着こなし、夜の蝶《ちょう》たちの間で争奪戦がくり広げられている伊達男のこんな気の抜けた姿など、和音以外は滅多に目にする機会もないだろう。

「けど、珍しいですね。朝帰りして、藤波さんが俺のマンションへ来るなんて、独立してから初めてだ。しかも午前八時。朝帰りして、そろそろベッドへ入る時間でしょう」

「俺は、おまえとは違う。それより、早いところ川田と話をつけてくれ。向こうは、俺を痛めつける口実とはいえ陽太の件で負い目がある。チンピラ一匹、すぐ手離すだろう？」

「さぁ、それはどうですかね」

濃いめのコーヒーを淹《い》れながら、花房は背中で笑った。何だ、とムッとしていると、ゆっくりと肩越しに振り返る。驚いたことに、彼の目は少しも笑ってはいなかった。

「あのチンピラを連れ帰ったのは、川田の計算通りだったかもしれません」

「何……」

「これで、向こうには戦争の口実ができた。構成員を拉致された、と言えば立場は立派に被害者だ。『六郷会《ろくごうかい》』も茶々は入れてこないでしょう。まぁ、川田のことだ。前々から、鼻薬を幹部連中に利かせていると見て間違いはない」

「バカを言うな。陽太は『川田組』の盃を受けちゃいねぇぞ！」

「しかし、北沢って構成員のパシリだったのは事実です。別に契約書を交わしてるわけじゃなし、どうとでも言い訳は成り立ちますよ。何なら、後々の口封じに出入りのドサクサに紛れて殺したっていいわけですからね。ヤクザの抗争でチンピラ一人が死んだところで、警察も本気で犯人なんか探しやしませんよ」

うっかり感情的になりかけた和音を、花房の冷ややかな視線がクールダウンさせる。確かに、彼の読みはありえないことではなかった。チンピラ一人の命で事態を動かせるなら、川田は躊躇《ちゅうちょ》なく駒にするはずだ。

「全面戦争か……」

差し出されたコーヒーには目もくれず、和音はしばし思案に暮れた。

力の配分や構成員などで、『川田組』と目立った差異はない。しかし、媚びるのが嫌いで一匹狼《おおかみ》の気質が抜けない和音に比べ、川田は実に世渡りが巧みだった。先ほど花房が言ったように、すでに『六郷会』への働きかけを行っていても不思議ではない。

「うちが潰《つぶ》されれば、シマが『川田組』へ流れる。そうなると、川田とつるんでいる幹部連中は万々歳だ。何しろ、高騰が約束された土地なんだからな」

「勢いをつけさせると少々厄介《やっかい》でしょうね。奴ら、『日向組』にまで牙を向けかねない。うちで食い止めるのが最善ですが、兵隊がどこまで働いてくれるか……」

「他の系列組は、どこも静観を決め込むだろうな」

「恐らくは。言っちゃ何ですが、あなたは内部に敵が多い。男の嫉妬は女のそれより醜いもんです。だが、川田がトップの器じゃないこともまた周知の事実だ」

立ち上る湯気に目を細め、まるきり他人事《ひとごと》のように花房は言った。だが、その内面では目まぐるしく今後の動きを検討しているに違いない。万が一『日向組』にまで飛び火したら、それこそ一大事だからだ。

「たった一人のチンピラがスイッチになるとは、皮肉なもんですね」

「くそ、だからってあの場に陽太を置いていけるかっ。あいつは俺の……」

「命の恩人――ですか？」

「…………」

意味ありげにセリフの先を取られ、憮然《ぶぜん》として黙り込む。何が言いたい、と目で問いかけたが、気づかない振りをされた。

もしかしたら、と和音の胸に疑いが兆す。

花房は、陽太の恋心を知っているのだろうか。

彼が和音に惚れて、ただ側にいたいがために北沢の元から抜けようとしたことを、持ち前の鋭い勘でとっくに見抜いているのかもしれない。

(別に、だからって俺が困る理由はないんだけどよ……)

へたれなチンピラに、勝手に惚れられただけだ。和音が疾《やま》しく思う必要はどこにもない。成り行きで二回キスはしたが、あんなのは事故のようなものだ。

（事故……）

本当にそうだろうか。ふと、和音は自問した。拒もうと思えばできたのに、許したのは自分の方ではなかったか。あまつさえ、二度目はこちらから誘うような真似までした。あれには言い訳できないし、もし花房が知ったら由々しきことだと血相を変えるだろう。現に、昨夜のことを引きずったまま眠れず、こうして朝一番で出てきてしまったのだ。

「……藤波さん？　大丈夫ですか？」

「え？　ああ、悪い。ちょっと考え事を……」

「申し訳ないんですが、少し隣の部屋へ行っていていただけますか。誰か来たようなんで」

「誰か……？」

千客万来だ、というように皮肉な笑みを刻み、花房が肩をすくめた。どうやら、エントランスのインターフォンですでに相手が誰だかわかっているようだ。考えに没頭していて少しも気づかなかったのを気まずく思いながら、和音はリビングと障子で仕切られている和室へ移動した。

（こんな早朝に、俺以外にチカを訪ねる奴なんていたのか）

誰だ、と好奇心を覚え、障子に隙間を作って様子を窺ってみる。

花房は滅多にプライベートな空間に女を入れず、抱く時はもっぱらホテルを利用する。舎弟がたまに雑用で出入りする他は、訪ねてくる人間もそういないはずだ。合鍵を持たされている和音ですら、同居を解消してからは今朝が初めての訪問だった。

(ヤバい奴だったら、まずいな)

『川田組』と一触即発の今、身の危険は常に案じていなければならない。警察とはなぁなぁな関係を保っているが、立場上いつ職質をかけられるかわからないので生憎《あいにく》と武器の類《たぐい》は所持していなかった。

玄関のインターフォンが鳴り、やがてリビングに入ってくる足音がする。思わず緊張を高めたが、続いて発せられた聞き覚えのある声に和音は耳を疑った。

「こんな朝早くにすみません、花房さん」

——陽太だ。

慌てて、声のした方向へ目を凝らす。包帯と傷だらけの格好で花房と対峙しているのは、まさしく陽太だった。マンションへ置いてきたはずの彼が、どうしてここへ来たのだろう。

「しかし、よく俺の家がわかったな。情報ダダ漏れか?」

嫌みと困惑半々の口調で、花房がねめつける。

陽太はブンブンと首を振り、遠慮がちに口を開いた。

「あ、いえ……名刺を」

「名刺？」

「先日、俺が藤波さんのスーツを持って行った時、花房さんがプライベートの名刺をくれたので」

「……ああ、そういやそうだったな」

花房の返答は、いかにも「しまった」という響きだ。和音の恩人ということで一応の礼は欠くまいとしたのだろうが、まさか本当に訪ねてくるとは思わなかったのだろう。

だが、陽太にしてみれば花房の家はかなり敷居が高いはずだ。一体、何の用事かと怪訝《けげん》に思っていたら、彼は何事か思い詰めた様子で深呼吸すると、突然その場に座り込んだ。

「おい、てめぇ何の真似……」

「お願いします！」

素早く居住まいを正して正座すると、そのまま深々と頭を下げる。額《ひたい》を床に擦りつけんばかりにして、陽太は必死に声を張り上げた。

「俺に盃を分けてください！」

「は……？」

「俺を、花房さんの舎弟にしてください！」

嘘だろ、と思わず声を出しそうになり、和音は焦って口を押さえる。花房に至っては、迷惑この上ないといった苦い顔だ。しかし、それも無理はないだろう。朝一番でやってきた怪我だらけのチンピラが、問答無用で土下座を始めたのだ。さぞ鬱陶しいに違いない。

「何でもします！　組のためなら命がけで働きます！　だから、このまま俺を舎弟にしてください！　お願いします！」

「………………」

呆れて言葉も出ない、とはこのことだった。花房も、そして隠れて見ている和音も、あまりに唐突な展開に唖然《あぜん》としてしまう。確かに、陽太を廃工場から連れ帰った時点でとことん面倒をみる心づもりはしていたが、それと舎弟に迎えるのはまた別の話だ。いずれ陽太の考えは聞かせてもらうつもりだったが、とにかく怪我が完治してからと思っていた。

（いや……まぁ、予測はできた行動だけどよ……）

ただし、陽太が土下座する相手は花房ではなく和音だったはずだ。

自惚れではなくそう思っていたし、それは花房も同じだろう。陽太の思考回路がさっぱり読めず、従ってその真意もまるきりわからなかった。

「あ〜……まいったな……」

ガリガリと頭を掻き、花房がウンザリと溜め息をついた。

「てめぇ、何か勘違いしてやしねぇか？　ちっとばかり藤波さんに恩を売ったからって、そうそう懐へ飛び込めると思ったら大間違いだ。少なくとも、俺は役立たずのチンピラなんざはべらせる趣味はねぇ。うちはな、組の人間は若いが少数精鋭で売ってんだよ」

「こ、今回のこととは関係ありません！」

「何だと？」

　キッと顔を上げ、陽太はきっぱりと断言する。不機嫌な花房を前に少しも臆せず、腹を据えた目で彼は言った。

「俺、ずっと自分の道が決められなくてフラフラしてました。いい年をしてみっともないと思いながら、どうしても吹っ切れないことがあって。チンピラ稼業でその日暮らしをして、自分をごまかしながら生きてきました」

「あのよぅ、てめぇの身の上話なんざ俺にはどうでも……」

「でも、藤波さんに会って変わったんです！」

　花房の言葉を強引に遮り、膝の上で拳をきつく固める。これまでどこか自信のなさを窺わせていたのが嘘のように、陽太の表情は清々《すがすが》しく迷いがなかった。

「藤波さんの真っ直ぐな生き方は、こんな世界じゃ危険を招くだけです。あの人はどんなに上へ昇っても妥協しないし、いつも身一つで勝負に出ようとする。その潔癖さが鼻につく人間や、要《い》らぬ妬《ねた》みを生む要因になるのもわかります」

「…………」

「危なっかしいし、見ていてハラハラします。あの人は強いけど、スーパーマンじゃない。あのまま変わらず進んでいってほしいけど、それにはたくさんの盾が必要です」

「ふぅん」

盾、という単語に、花房が反応する。どうやら、最悪に彼の機嫌を損ねたようだ。誰より和音の近くに控え、身を以《もっ》て守り続けてきた自負があるだけにカチンときたのだろう。眼差しから冷やかしの色が消え、凍りつくような視線が陽太へ向けられる。

まずい、と和音は焦った。

花房があういう目をする時は要注意だ。陽太の態度如何《いかん》では、冗談でなくその場で殺されかねない。普段は押し殺しているが、花房の和音への執着は尋常ならざるものがあり、和音自身それはよくわかっていた。

——だが。

「藤波さんの盾は、花房さんです。それは、俺もよく承知しています」

「…………」

「花房さんを押し退けて自分が盾になろうなんて、身の程知らずなことを言う気はありません。だから、俺を花房さんの舎弟……盾にしてくださいってお願いしているんです」

「何だと……」

これには、花房も拍子抜けしたらしい。見事に怒りの矛先をかわされ、どう対応したものか珍しく窮している。聞いていた和音も内心肝を冷やしていたので、どういうことかと面食らってしまった。

しかし、陽太は欠片《かけら》も卑屈な影など見せてはいない。本心からそう思い、口にしているのは確かなようだ。続けて真っ直ぐ花房を見据え、覚悟のほどを語り始めた。

「花房さんには隠しても無駄なので、はっきり言います。俺、藤波さんが好きです。単なる憧れじゃなく一人の人間として、それから恋愛対象としても好きです」

「な……」

あまりに堂々とした宣言に、さすがの花房も絶句する。だが、それより狼狽《ろうばい》したのは和音だ。よりにもよって直球で、しかも側近に告白するなんて頭がどうかしたとしか思えない。

「てめ、何を考えて……」

「俺は本気です。だから、余計にあの人の役に立ちたかった。でも、今の俺じゃダメなのもわかっているんです。藤波さんの隣に立とうと思うなら、まずそれに相応《ふさわ》しい男にならないと。花房さん、あなたよりももっと男を磨かないと、俺にはその資格が持てない。駄犬だった自分にケジメをつけて、一から極道としてやり直したいんです」

「…………」

心がけは立派だが、あくまで極道にこだわるあたり歪《ゆが》んでいる気がしなくもなかった。無論、和音の側にいたいならヤクザになるのは必須だが、何事にも向き不向きがある。

「おまえよぉ……」

呆れるのを通り越し、ほぼお手上げ状態で花房が嘆息した。

「気持ちはよぅくわかるが、やっぱてめぇに極道は向いてねぇよ。諦《あきら》めろ」

「そういうわけには、いかないんです」

「何でだよ。どのみち、藤波さんは男なんか相手にしねぇぞ。それでなくても、あの人は容姿のせいでおかしな色眼鏡《いろめがね》で見られがちなんだ。人一倍、そういう視線に嫌悪を感じてる。てめぇがいくらのぼせあがっても、叶うわきゃねぇだろうが」

「それは……」

花房の意見はもっともで、大きな説得力を持っている。そのせいか、陽太も二の句が継げずに黙り込んでしまった。

(まいったな……)

唯一人、和音だけが同意しきれず、激しい混乱の中にいる。花房の話を聞いていて、自分が一度も陽太に嫌悪を抱かなかった事実に気づいてしまったからだ。

(確かに、最初の時も昨晩も〝ヤバい〟とは思った。けど……)

嫌じゃなかった。それだけは、はっきり言える。男の陽太と唇を重ねることに、和音は少しも嫌悪など感じなかった。むしろ自然で、違和感など欠片もない。だが……──。

「でも、俺、やっぱり藤波さんが好きなんです」

さんざん逡巡《しゅんじゅん》した後で、陽太は噛み締めるようにくり返した。

「もし迷惑だ、気持ち悪いと思われるなら、表へ出さないようにします。だけど、花房さんの下であの人を守りたいんです。それで、いつかは色恋抜きでも隣に立てる男になりたい。そのために一人前の極道になれと言うのなら、それが俺の選ぶ道です」

「待てよ。さっきから、おまえちょっと物言いがおかしくねぇか」

「え？」

「てめぇが極道になるのは大前提で、その腹が決まらなくてウダウダやってた。けど、藤波さんって存在が目標と動機をくれた――そんな風に聞こえるんだけどな？」

「それは……」

鋭いところを突かれたのか、たちまち陽太が口ごもる。同時に和音も、彼に対して初期から抱いていた違和感はそれだ、と膝を打ちたい気持ちになった。

『俺、本当にサラリーマンに憧れてました、普通の』

子どもの頃、何になりたかったんだ？

そんな他愛もない質問に、大真面目《おおまじめ》に答えた顔を思い出す。あの時も変な奴だなとは思ったが、冷めたガキだったんだろう、くらいにしか考えていなかった。けれど、あれは陽太の本心だったのかもしれない。『普通』に憧れるくらい特殊な環境で育ったとすれば、あの発言も頷ける。

（けど、おかしくないか？　仮に親がヤクザだったとして、自分もそうならなきゃいけないわけねぇだろうが。あるいは、そういう強迫観念にでもとりつかれてんのか？）

ありえないことではなかった。トラウマから親と同じ道を辿るのは、この世界に限らずよく聞く話だ。だが、そうだとすれば陽太はやはり極道になるべきではない。

「何か、面倒臭ぇ奴だなぁ。藤波さんにゃ色目使うわ、へたれな駄犬のくせして舎弟になりたがるわ。てめぇみてぇな奴、面倒みきれねぇよ」

「そんな……お願いします！」

陽太がなかなか本心を晒《さら》そうとしないことに、花房も業を煮やしたらしい。投げやりな声音には、もう帰れという響きが含まれていた。慌てた陽太はしつこく縋《すが》ったが、一度こうなると花房の気を変えさせるのは難しい。

「わかりました……」

とうとう、陽太も諦めたようだ。彼は暗い面持ちで立ち上がり、長い溜め息をついた。しかし、瞳に浮かんだ決意は少しも褪《あ》せてはいない。厳しい表情で顎《あご》を上げ、その視線を迷いもなく障子越しの和音へ向けて言った。

「――藤波さん、いるんですよね」

「え……」

「玄関に靴がありました。朝から留守にしているし、どこへ行ったのかって心配していたんです。でも、ちょうど良かった。俺の決心、聞いてもらえたから」

「………」

出て行くべきか否か、和音は迷う。だが、考えた挙句無視することにした。ここでのこのこ姿を現すのはいかにも間抜けすぎる。

「俺、昨晩から考えたんです。〝待て〟も覚えるって言いました。けど、このまんま和音さんの側にいても、結局は役立たずで終わるのは目に見えているなって」

「………」

「本当にあなたが飼ってくれるなら、俺はもっと自分の牙を磨かなきゃいけない。ずっと中途半端な生き方しかしてこなかったけど、もうそれじゃダメなんだって思いました。俺、確かに極道が向いているとは言えません。やっぱり人を殴るのは嫌だし、暴力に物を言わせて他人を屈服させることに価値があるとは思えない。だけど、藤波さん……あなたなら、この世界で違う光景を見せてくれそうな気がする」

凛《りん》と張りのある声が、和音の感情を大きく揺らした。

こいつの目に映る自分は、一体どんな奴なんだ、と思う。自分は一介のヤクザで、ただ生きていくのに夢中で戦ってきただけだ。そこには崇高な理想もへったくれもない、信じられるのは己のみで心は常に孤独と飢えが付き纏《まと》っていた。

そうだ。要するに、ろくでもない人生だ。決して他人から憧れられたり、目標とされるものではない。それなのに、陽太の言葉に胸が震える。おまえには価値がある、と言われたような、不思議な昂《たか》ぶりが全身を包む。

「待っていてください」

返事は期待していないのか、すぐに陽太は言葉を紡いだ。

「俺、いろいろちゃんとして帰ってきますから。そこから新しく始めます。それで……もし可能性がゼロでなかったら、藤波さんを口説かせてください」

「おいおい、てめぇ俺のことは無視か」

「花房さんには、改めてまたお願いにきます。俺、簡単に諦めませんから」

「勘弁しろよ……」

もともと熱血タイプが苦手な花房は、早くもウンザリしている。だが、和音を口説くという発言は聞き捨てならないため、睨みを利かせるのだけは忘れなかった。

失礼します、と一礼し、陽太はしゃんと背筋を伸ばして部屋を出て行く。

だが、頬に上る熱が冷めるまで、和音は仕切りの障子を開けることができなかった。


街外れの廃工場は、元は電機メーカーの下請けで部品を作っていたらしい。不況の煽りを食らって倒産、持ち主は一家心中したとかしないとか、とにかくろくな噂は残っていない。初期にはヤンキーの溜まり場になっていたようだが、『川田組』が目をつけてからはめっきり人が寄りつかなくなった。以来、何かと曰《いわ》くつきの場所になっている。

「まさか、また来る羽目になるとはなぁ」

やれやれ、と嘆息し、和音は暮れきった空を仰ぎ見た。息もだいぶ白くなり、冬の夜空は下界の喧騒《けんそう》など知らぬげに清廉《せいれん》な瞬《またた》きを見せている。

だが、今夜ばかりはどうだろう。間もなく、ここで血生臭い場面が展開される。そうなっても星たちは変わらず、綺麗《きれい》な光を地上に届けるだろうか。

「……くだらねぇ」

ちょっとセンチになりすぎた、と和音は舌打ちをした。今日は一人で来たので、緊張をほぐすための冗談を言う相手がいないせいだ。しかし、この先に待っている抗争のためには一人でも兵隊を温存しておきたかった。それに、今夜の件は完全に和音個人の事情だ。関係ない組の人間を巻き込むわけにはいかなかった。

「まぁ、最悪俺に何かあってもチカがいりゃ組は何とかなるしな」

花房本人が聞いたら青筋立てて怒りそうな呟きを漏らし、和音は小さく笑ってみた。

――陽太がいなくなった。

花房のマンションを出たその足でどこかへ消え、それきり杳《よう》として行方が知れない。携帯電話の番号も知らないし、『川田組』との緊張が高まる中で気を散らしてもいられず、和音が彼のアパートを訪ねたのはいなくなって三日後のことだった。

『やっぱり、帰ってねぇ……か』

いろいろちゃんとする、という言葉の意味を、改めて考えてみる。こうなってみて初めて、自分は陽太のことを何も知らないのだ、と気がついた。実家も育った環境も、食い物の好き嫌いさえわからない。だから、彼が今どこで何をしているのか見当もつかなかった。

『くそっ。人が危険を冒して出向いてやったのによ。何やってんだ、あのバカ犬』

前回と同じヘマをするわけにはいかないので、在宅の有無を確認したらすぐ戻らなければならない。仕方なく踵《きびす》を返しかけた時、スーツの上着を誰かに引っ張られた。

『ねこのおにいちゃんだ。そうでしょ？』

『昴……』

『くろすけ、ねこのおにいちゃんだよ。こんにちはって』

『にゃー』

気の抜けるような猫の鳴き声に、ホッと安堵《あんど》の息を漏らす。上着の裾《すそ》を摘《つま》んでニコニコしているのは、幼稚園の制服を着た昴だった。彼は小さな右手にリードを持ち、猫のくろすけを散歩に連れ歩いているようだ。黒い毛並にもぐっと艶《つや》が出て、最初の頃より穏やかな顔つきになっている。ちゃんと可愛《かわい》がられているのがわかって、何となく気分が良かった。

『よーたおにいちゃんとこ、あそびにきたの？　よーたおにいちゃん、ずっとおるすなんだよ。ぼく、なんどもくろすけときてるけどあえないんだ』

『そっか……。じゃ、おまえも淋《さび》しいな』

『うん。くろすけがいるからさみしくないけど、ちょっとさみしいよ。けーちゃんもいないし、だれもいないんだもん。けーちゃん、どこいっちゃったのかなぁ』

『けーちゃん？』

『よーたおにいちゃんの、おともだちだよ。いっつもいっしょでなかいいんだよ』

『…………』

それは、恐らく陽太のチンピラ仲間のことだ。アパートで遭遇した小柄な青年を思い出し、和音は妙だなと思った。時期を同じくしてつるんでいた仲間まで消えるなんて、単なる偶然とは考え難い。リンチに遭った陽太を保護した際、意識を取り戻した彼はしきりに友人の身を案じていたが、この界隈でチンピラの死体が上がったとか重傷の奴がいるという話は出ていなかった。それで、上手く逃げおおせたのだろうと安堵していたのだが。

『なぁ、昴。けーちゃんは、いつからいないんだ？』

『わかんない。でも、よーたおにいちゃんとおんなじくらいだよ』

『その前までは、よくここへ来てたのか？』

『うん。あいすとか、かってくれた』

『どこか、遠くへ出かけるとか何か言ってなかったか？』

昴は小さな頭を左右に振って、不安そうな顔をした。いけない、と和音は急いで表情を取り繕い、ぎこちない笑みを作ってみる。内心（なんで俺がガキの機嫌なんか……）と気恥ずかしくもあったが、無関係の子どもを不安にさせるのは本意ではない。

『けーちゃん、どこいっちゃったのかなぁ。よーたおにいちゃんといっしょかなぁ』

『さぁ、どうだろうな』

適当に答えながら、二人が一緒の可能性を考えてみた。だが、仮に連絡を取り合ったとして、それが「ちゃんとする」ことに繋《つな》がるだろうか。北沢を怒らせて居づらくなったのは理解できるが、何も言わずに消えるのも不可解だ。

（自主的に消えたってより、巻き添え食らって監禁されてるって線はねぇか？）

ちらりとそんなことを考えてもみたが、とにかく動いてみなければ真実は摑めない。けれど『川田組』が関与しているという確証はないし、曖昧《あいまい》な根拠で兵隊を動かすわけにはいかなかった。何より、花房が反対するだろう。

『ねぇ、ねこのおにいちゃん。いつかえってくるの？』

『え？』

ツンツン、と再び裾を引っ張って、昴が不安げにこちらを見上げて言った。

『くろすけがね、またみんなであそびたいって。よーたおにいちゃんとけーちゃんと、あとねこのおにいちゃんと。くりすますまでには、みんなかえってくる？』

『昴……』

『みんなで、くりすますしたいなぁ。ぼく、ようちえんでつりーのおほしさまつくるんだ。そしたら、みんなにあげるね。だから、はやくかえってきてね』

(そういや、こいつは両親が共働きで夜まで猫と留守番なんだっけ)

陽太がよく面倒をみていたらしく、傍目《はため》には年の離れた兄弟のようだった。寝ている時にうるさくされて難儀もしたが、振り返れば贅沢《ぜいたく》なほど平和な時間だったと思う。

子どもと猫。大型の駄犬と狭いアパート。

自分の属する世界とはあまりに違いすぎて、今でも夢を見ていたような気持ちになる。

『そうだな。帰ったらクリスマスしような』

『ほんと?』

『……ああ。皆でパーティだ。ツリー飾ってケーキ食おう。約束だ』

『うん! ぜったいだよ!』

パッと顔を明るくして、昴が元気よく指切りを求めてきた。マジかよ、と一瞬引いたが、相手は無邪気な五歳児だ。渋々と小指を絡め、和音はクリスマスの約束をした。

だが、パーティの前に片づけなければならない事柄がたくさんある。

「さてと。行ってみるか」

小さく呟いて、銜えていた煙草を建物の壁で揉《も》み消した。中から聞こえる気配はせいぜい三、四人程度だし、乱闘になっても勝つ自信はある。ただし、読みが当たって「けーちゃん」

とやらが監禁されている場合、人質に取られると厄介だ。

「先手必勝でいくしかねぇかな」

久しぶりに、昔に帰ったようだと楽しくなってきた。看板を背負ってからは何かと不自由が増え、窮屈な生活が大半だったのだ。拾ってくれた日向組長への恩もあり、力になれるならと事務所を構えたが、やはり自分は頭の器ではないのかもしれない。

だが、そのことを考えるのは全てが終わってからだ。

昴との約束をはたすためにも、と思ってから、いつからそんなアットホームな男になったんだよと、和音は苦笑を禁じ得なかった。


同じ頃、花房は数名の護衛を連れて、『川田組』の事務所へ赴いていた。

「おやおや、そちらさんは組長の名代《みょうだい》か。へぇ、あの若造もお偉くなったもんだ」

「……ご無沙汰《ぶさた》しております、川田さん」

ソファにふんぞり返って組員相手に談笑していた川田が、案内に連れられて入ってきた花房をニヤニヤとねめつける。相変わらず、辟易するほど成金趣味満載の部屋だった。唯一極道らしいところは、『六郷会』総長の直筆で『勇猛精進』と書かれた掛軸だ。花房も直接対面したことはないが、傘下を含めれば数千の構成員を束ねる全国有数の暴力団だけに、総長である六郷廣松《ひろまつ》の武勇伝は数々耳にしていた。

（しかし、そいつも虎の威を借る何とやらの道具にされたんじゃなぁ）

いっそ清々しいほどの俗悪っぷりだ、と苦笑いを嚙み殺す。四十半ばの川田は外見にもかなり金をかけており、鼻の整形や皺取りまでしていると陰で揶揄《やゆ》されていた。そういう男だからこそ、容姿に恵まれた和音には初めから良い感情を抱いていなかったのだろう。

そして、同じ理由から花房のことも嫌っている。『日向組』にいた頃はペコペコしていたが、和音の下について実質格下になった途端、「花房さん」から呼び捨てになった。

「わざわざ、御足労願ってすまねぇな。あんたんとこの頭は元気か？」

「お蔭《かげ》様で」

「へぇ。元気なら、本人が顔を出すのが筋じゃねぇかな。仮にも兄弟分なんだしよ。ま、うちの可愛い子分を拉致したまんま、何の挨拶もないってところで仁義の通用する相手じゃないのはわかってるけどな。てめ、ちゃんと躾けてんのか？　あぁン？」

「……すみません」

挑発しているとわかっていても、腸《はらわた》が煮えくり返る思いだ。がめつくて貧相で極道の風上にも置けないこの男の口から、和音の名前が出ること自体が許せなかった。

だが、今日出向いたのは喧嘩を売るためではない。和音から「早々に陽太の身柄を引き取る算段をつけろ」と厳命されたからだ。川田がそれを口実に難癖をつけ、戦争を仕掛けようとウズウズしているのは明白だが、そんな不本意な流れで抗争に発展させるのは花房としても避けたかった。川田を叩き潰す機会は、後で幾らでもある。こちらに優位な状況を作り、リスクは最低限に抑えた戦い方をしたかった。

「まぁ、とりあえず座ってくれや。あんたとは、一度じっくり話したかったんだよ」

川田が促すと、ソファを陣取っていた組員たちがさっと立ち上がる。しかし、普通なら花房の来訪を告げられた時点で席を外すべきだ。あからさまに舐めきった態度を取られ、怒りより先に（どうしようもねぇな）と白ける思いだった。

「早速ですが、川田さん。先ほど仰《おっしゃ》っていた件ですが、うちの調べによるとリンチを受けていた霧島陽太って人間はお宅の盃を受けちゃいませんよ。言い掛かりもいいとこだ」

「そんなこたぁねぇだろう。現に、兄貴分の北沢が可愛がってたそうじゃねぇか」

「仮にそうだとしても、拉致なんてとんでもない。奴はうちからも姿を消しました」

「何……」

「信じられないなら、家探しでも何でも好きにしたらいい。うちの頭の恩人だってことで、侠気から手助けして傷の介抱までしてやったのによ。こいつは、とんでもねぇ恩知らずですよ。なぁ、川田さん。あんたんとこじゃ、組員にどういう教育してんですかね」

「………」

どうも雲行きが怪しくなってきたのを察し、川田が小難しい顔になる。その反応を見る限り、陽太が消えた件に『川田組』は噛んでいないようだ。マンションでのやり取りから自主的に出て行ったんだろうと思ってはいたが、花房の中でもこれで確信ができた。

（だったら、あの野郎どこで何していやがんだ。でけぇ口叩いて、結局はトンズラかよ）

何が「舎弟にしてくれ」だ、と腹立たしく毒づいた。駄犬なりにちょっとは気概を見せたのも束の間、口だけならどうとでも言える。第一、和音に惚れたと豪語するなら、まずは行動で覚悟のほどを示してみろと思った。

「本来なら、こんな用件は電話一本でお終《しま》いですよ。それを川田さんの顔を立てて、こうして足を運んだんです。うちの誠意を汲《く》み取って、この件は水に流すってことでどうです？」

「誠意だぁ？　おいおい、ふざけたこと言ってもらっちゃ困るじゃねぇか。霧島が消えたって言うが、そっちで消した可能性だってあるだろう？」

「はい？」

「うちとしちゃ、可愛い子分の仇討《あだう》ちで盛り上がってる連中を宥《なだ》めにゃならねぇし」

「冗談言っちゃ困りますよ。そんな証拠、どこにあるんです。第一、チンピラ一匹バラしてうちにどんなメリットがあるんだ。バカバカしい」

「ま、そちらが誠意と言ったんでね。他に示しようがあるだろうって話だよ」

「…………」

つまり、抗争を避けたければ金を出せ、ということか。

どういう理屈だ、と花房は絶句し、あまりに見境のない要求に怒りが湧いてきた。

「……ふざけてんのはどっちだ」

「あ？」

「ふざけてんのはどっちだって、そう言ったんだよ」

ゆっくりと目線を上げ、正面の川田を冷ややかに見据える。その瞳には強烈な光が宿り、口許《くちもと》の笑みは冷酷な昂ぶりを刻んでいた。

「どうやら開き直ることにしたようだなぁ、川田。せっかく穏便に事を運ぼうとしてやったのに台なしにする気か、コラ。てめぇがうちのシマ欲しさに以前から何かとちょっかいかけてきてんのは、どう説明する気だ？　あ？」

「何だと……」

「あまつさえ、うちの頭に奇襲かけやがって。下っ端の暴走とかって下手な説明こいても、白々しいだけなんだよ。本気で詫びる気なら、その下っ端をここへ連れてきて目の前で指詰めさせろ！　兄弟仲で抗争じゃ日向組長に顔向けできねぇって遠慮してきたが、そっちがその気ならいつでも受けてたってやんぞ！」

「花房……てめぇ……」

いっきに畳み掛け、おもむろにソファから立ち上がる。戦争を回避するための訪問だったが、もうそんな悠長な気分ではなくなった。こちらがどんな態度を取ろうが、川田は引く気などさらさらないのだ。それが透けて見えた今、愛想笑いなどしてやる必要はない。

「上等じゃねぇか」

ニヤリ、と川田がほくそ笑んだ。直後にドアが乱暴に開き、背後から突き飛ばされるようにして数名が転がり込んでくる。花房が外で待たせていた舎弟たちだ。いずれも殴られたのか顔が血まみれで、所々が青黒く腫れあがっていた。

「川田……てめぇ……」

「丸腰で来たとは思っちゃいねぇよ、花房。けど、ここで抜いたら皆殺しにすんぞ?」

「…………」

その言葉と同時に、バラバラと川田の部下が駆け込んでくる。その手には拳銃《けんじゅう》が握られ、銃口はぴたりと至近距離から花房たちに向けられていた。

「――藤波を呼べ」

緊迫する花房を嘲笑うように、川田が命令する。

冷たい汗がこめかみを伝い、花房はぐっと唇を噛んだ。

「何だ、てめぇはッ！」

建物内へ忍び込み、背中を向けている相手を問答無用で蹴り上げる。革靴の爪先《つまさき》が首の付け根を直撃し、前のめりで床へ倒れ込んだところを更に踏みつけた。突然の乱入者に他の連中が俄《にわ》かに騒然とし、態勢を立て直した和音をぐるりと囲む。

「てめ、藤波じゃねぇか。何でここに」

「ふざけやがって……ぶっ殺してやる！」

「――そいつを解放しろ」

いちいち相手にしていては、時間の無駄だ。和音は無表情のまま一同を見回すと、たった今倒した奴が殴っていた青年を目線で示した。後ろ手に縛られて椅子に拘束され、度重なる暴力で人相も判然としなかったが、幸いなことにまだ息はある。恐らく、こいつが「けーちゃん」だ。『川田組』の仕業ならこの廃工場に監禁されていると踏んだのだが、その読みは当たっていたようだった。

「聞こえなかったのか？　そいつを解放しろって言ったんだ、クズ野郎」

「は？　てめ、何寝ぼけてやがんだ？　一人で乗り込んできてアホか？」

「おい、気をつけろよ。成りは優男だが、そいつ狂犬だぞ。暴れ出すと手に負えねぇ」

「北沢ァ、おまえ何をビビってんだよ。この前とはちげーだろ！」

さんざん和音と花房に痛めつけられた北沢は、仲間の揶揄をよそに早くも青ざめている。

だが、確かに事情は違っていた。花房がいない以上、多少手こずるのは覚悟の上だ。

「まぁまぁ、せっかく来てくれたんだしさ。歓迎しといた方がよくねぇ？」

狡猾《こうかつ》そうな声を出し、一人の男がニヤニヤと和音を眺め回した。右手には金属バットを提げており、コンクリートの床で軽快な音を響かせている。その目はクスリでもやっているのか微妙に焦点が合わず、愉悦と快楽のみに満ちていた。

（こういう手合いは厄介だな……さっさとケリをつけちまわねぇと）

恐怖心のない相手ほど、面倒なものはない。クスリをきめているなら痛覚も鈍っているだろうし、そういう連中はゾンビ並みのしぶとさを見せるからだ。怪我人の北沢は問題外としても、バット以外の三人を短時間で叩きのめす必要がある。

「ふ……じな……みさ……ど……して……」

意識が戻ったのか、椅子に縛られた青年がか細い声を出した。半分塞《ふさ》がった目からは、ぽろぽろと涙が零れ落ちている。かわいそうに、手慰みにリンチされていたらしく、身じろぐことさえ困難なようだ。

「陽太がいなくなった。親友のおまえなら、何か知ってるんじゃないかと思ってよ」

「よ……た……が？」

「だから、もうちょっと頑張れ。すぐ助けてやるから」

「う……う……」

安堵の涙は、とめどなく頰を伝い落ちていく。本当は、彼が陽太の行き先を知っているとは思わなかった。だが、だからと言って見捨てるわけにはいかない。陽太が自分を匿った件で巻き添えを食らったのはほぼ間違いなく、命に代えても助けるのが道理だ。

「うらァァッ！」

「――！」

奇妙な怒声と共に、いきなりバットが振り下ろされた。間一髪でかわし、素早くみぞおちへ右拳を叩き込む。確かに手応《てごた》えはあったのに、相手はくずおれるどころか逆に回し蹴りを繰り出し、和音は床に吹っ飛んだ。

「死ねやぁっ！」

頭部を目がけて、再びバットが襲ってくる。避けるのが一瞬遅れ、庇った左手に衝撃が走った。あまりの激痛に息が止まりかけたが、呻いている間もなく第二弾が繰り出され、和音は避《よ》けながら何とか起き上がった。

「捕まえろ！　そっちだ！」

「野郎ッ、舐めくさって！」

遠巻きに北沢が指示を出し、他の連中が駆け出す和音を追いかける。何とか骨折は免れたようだが、左手はもう使い物にならなかった。

「観念しろやァ！」

「下衆《げす》が！　気安く触ってんじゃねぇよ！」

追いすがる一人に肩を摑まれ、振り向きざまに頭突きを食らわせる。ギャッ、と叫んで相手がもんどりうち、もう一人が狼狽を顔に出した。大丈夫、気迫では充分勝っている。左手の痛みを堪えて不敵に笑み、和音はジリジリ間合いを詰めていく。

「ひ……こ、この野郎……ッ」

「何だ？　ビビッてんのか、てめぇ」

「く、来るな！　来るなぁ！」

相手は闇雲《やみくも》に両腕を振り回し、子どものように喚《わめ》き出した。こいつは一発で終わりだ、と拳を固め直し、和音は息を整える。身体は高揚し、血が騒いでいるのに、頭だけは不思議なくらい冷え切っていた。

――だが。

「ひゃーはっはっはっ！　バカが！　いい気になってんじゃねぇよ！」

哄笑《こうしょう》と共に背中へ衝撃を受け、そのまま床へ倒れ伏す。激痛が脳天を突きぬけ、起き上がろうとしても自由が利かなかった。横たわる顔の真横にバットの先端が見え、ようやく殴られたのだと理解する。だが、気づいた時にはすでに手遅れだった。

「それじゃあ、これから藤波和音の脳天、かち割らせていただきまーす！」

「く……そ……ッ」

「へへへ、良い顔だなぁ。てめぇが男でマジ残念だわ！　キレーなお顔を歪ませちゃって、ちょっとゾクゾクすんだけど。なぁ、北沢ぁ？　こいつ、日向組の男妾やってんだろ？　そんなら、けっこう具合いいかもよ？」

ギャハハ、と下卑た笑い声をあげ、男はその場にしゃがみ込む。和音の顔を覗《のぞ》き込み、珍獣でも見るような目つきで眺め回した挙句、左頬をべろりと舐め上げた。

「なぁなぁ、ぶっ殺す前に試してみよっか？　こいつなら、俺……」

「ふざ……けんなよ、ヤク中が……」

「へ？」

「てめぇみたいなカス、視界に入れるのも不愉快だろうが！」

言うが早いか身を翻し、男の手からバットを蹴り飛ばす。強い怒りが痛みを凌駕《りょうが》し、和音は驚異的な動きで相手の懐へ飛び込んだ。そのまま腹部に頭突きをし、怯んだ隙にこめかみへ渾身《こんしん》の一発をお見舞いする。「ガハッ」と掠れた声を漏らし、男が勢いよくコンクリートへ叩きつけられた。

「俺はな、顔のことを言われるのが何より嫌いなんだよ」

心底嫌悪しながら舐められた場所を拭い、痛みに蠢く相手へ二度、三度と蹴りを入れる。鬼気迫る様相に残りの連中はすっかり戦意を喪失し、じりじりと後退し始めた。

「おい、おまえら。仲間ほっぽって、どこへ行くつもりだ？」

「ひぃ……ッ」

肩越しに振り返った和音は、完全に目が据わっている。嗜虐《しぎゃく》の衝動に目は潤《うる》み、ぺろりと舌なめずりする様はさながら猫科の獣のようだった。

「友達甲斐《がい》のねぇ奴らだなぁ。そんな人間は、生きてる価値がないよな?」

「いや……あの……」

「何だよ?」

にんまりと酷薄な笑みを浮かべ、ようやく足元の男を蹴るのを止める。ただならぬ妖気《ようき》に気圧されたまま、北沢たちは何とか言い逃れようと虚《むな》しく口をぱくぱくさせた。

「聞こえねぇよ」

「ひ……ひぃ……」

「あァ? だから、何だっつってんだよ?」

綺麗に微笑んでいても、目は少しも笑ってはいない。爛々《らんらん》と光っている。獲物を弄《もてあそ》ぶように距離を詰め、和音が再び口を開きかけた時だった。

「藤波さん!」

バタバタと複数の足音が乱入し、見慣れない男たちが大勢入ってくる。一体何事だ、と面食らっていると、その中の一人にはっきりと名前を呼ばれた。

「藤波さん! 俺です!」

その瞬間、和音は我を取り戻す。耳に馴染《なじ》んだ声音は、間違えようがなかった。どこへ消えたのかと密かに気を揉んでいた、大型駄犬のものだ。

「陽太……」

「藤波さん、無事ですかっ?」

血相を変えて駆け寄る陽太は、驚いたことに黒のスーツなんか着ている。タイもシルク製で趣味が良いし、近づくと仄かに良い匂《にお》いがした。おまえはどこの御曹司だ、と毒づきたくなるのを堪え、とにかく安心させようと笑ってみせる。先刻とはまるきり違う、我ながら緩みきった笑みだった。

「陽太……このバカ、今までどこに……」

「すみません。『川田組』のことがあったんで、いろいろ急がなきゃまずかったんです。そしたら、今日花房さんが話し合いに出向くって情報が入ったんで。でも、てっきり同席していると思った和音さんは野暮用とかでいないし……。事務所には北沢や奴とつるんでいた連中の姿も見当たらなかったんで、まさかと思ってここへ」

「は? そんなの、てめぇが気にすることじゃ……」

「いや、いい加減、ウザくなってきましたからね。この先、川田の存在は『六郷会』のお荷物になります。今のうちに切っておくべきだと、幹部連を説得しました」

「説得? 幹部連を? おまえ、いったい……痛ッ!」

「藤波さん！」

ヤバい。陽太の顔を見ていたら、急に背中の痛みがぶり返した。

和音は陽太の腕にしがみつき、何とか体勢を保とうとする。だが、すでに話すのも苦痛なほどで、嫌な汗が吹きだしてきた。

「藤波さん……？　しっかりしてください、藤波さん！」

「俺……よか、けーちゃん……」

「啓ちゃんなら大丈夫です。うちの人間が保護しました。すぐ病院へ連れて行きます！」

「う、うちの……人間……？」

こいつは、一体何を言っているんだろう。

痛みで思考がまとまらないまま、和音は心の中で呟く。

急に身綺麗になって現れた陽太、明らかに堅気ではない、けれど見覚えのない男たち。彼らは手早く北沢たちを拘束し、問答無用に外へ引きずっていく。しばらくは恐怖に震える声が聞こえてきたが、やがてそれも途絶え、数台の車の走り去る音が遠ざかっていった。

「藤波さん、しっかりしてください。すぐ病院に行きます。だから……」

「陽太……」

「はい？」

「おまえ、ケジメつけてきたのかよ……」

切れ切れの息の間から、真っ先に気にかかったことを口にする。すでに自力では立てなくなり、陽太の腕にしっかりと抱き止められていた。和音は断続的な痛みに喘《あえ》ぎながら、その胸に頭を擂《す》り寄せる。布越しの温《ぬく》もりが、感情の棘《とげ》を優しく溶かしていった。

「……はは、懐かしいな」

「藤波さん？」

「たった……三日離れていただけなのにな。おまえ、あったけーんだもんなぁ」

「藤波さん！　藤波さん！」

必死に呼びかける陽太の声が、何重にもひび割れる。

ケジメの答えを聞く前に、和音はとうとう意識を手離した。

6

医者から二週間の安静を言い渡されたが、タフな和音は十日で動き回れるようになった。それというのも、『六郷会』の幹部会に特別枠で招かれていたからだ。議題は大きく分けて二つあり、そのうちの一つは『川田組』の解散及び川田の破門を通達するものだった。

「ずいぶんとお疲れだったようですね、藤波さん。そんなに緊張しましたか？」

「緊張するも何も……」

事務所で帰宅を待っていた花房が、常より上等なスーツを皺にするまいと、和音の脱いだ上着を丁寧にハンガーへかける。下っ端に任せればいいものを、身の回りの世話に関しては相変わらず他人へ譲る気がないようだ。

「川田の奴、かなり青ざめてたぜ。ま、無理もねぇよな。一蓮托生《いちれんたくしょう》を避けるため、さんざん貢いできた一部の幹部連にまで見放されちまったんだから」

「自業自得でしょう。奴の場合は、生きているだけで儲《もう》けものだと思いますよ。何しろ、泣く子も黙る『六郷会』総長、廣松氏の孫息子を危うく殺しかけたんですから」

「孫息子……なぁ……」

ソファに深々と身体を埋《うず》め、複雑な気持ちで反芻する。思いは花房も同じなのか、隣に腰かけた彼は珍しく気の抜けた様子で溜め息をついた。

「しかし……驚きましたね」

「まぁな」

「まさか、あの駄犬が『六郷会』の次期総長候補とは……」

「世も末だよなぁ」

「本当に」

言い終えるなり、二人同時にまた溜め息が零れ出る。

だが、いくら信じ難くてもこれが真実なのだ。

陽太は現総長・廣松氏の一人娘、真理恵《まりえ》の息子で、早逝した父親に代わってもっとも祖父の跡継ぎに近いと目される人物だった。

『様々な事情から、皆さまへのご挨拶が遅れました。このたび正式に祖父より盃を受け、不肖ながら幹部の末端に名を連ねることとなった、霧島陽太と申します。亡き父に代わり、組を盛り立てていくよう鋭意努力を重ねてまいります。以後、よろしくご指導、ご鞭撻《べんたつ》のほどをお願い申し上げます』

見惚れるほど堂々と挨拶を済ませ、廣松氏の隣に凜と座する陽太は、とてもチンピラ上がりとは思えない風格を備えていた。荒《すさ》んだ生活の割に崩《くず》れた印象がなかったのは、出自のせいなのかと思うほどだ。だが、実際は家業を嫌って家出をくり返し、ついには場末のチンピラにまで成り下がったというのが真相のようだった。

「幹部会じゃ、あんまり個人的にしゃべる雰囲気じゃなかったしよ。本当のところ、陽太が何を考えてんだかさっぱりわかんねぇんだよな。けど、ハンパはやめて極道になるって決めたのは本心みてぇだし」

「それなら、廣松氏はあなたに感謝するべきですね。負け犬だったあいつを奮い立たせたのは、藤波さんへの恋心だ。あなたに会わなければ、彼はあのまま野たれ死んでましたよ」

「おい、チカ。あんま気色悪いこと抜かしてんじゃねぇぞ」

何が『恋心』だ、と鳥肌を立てながら抗議し、けれど和音の心はずっと重い。

陽太が次期総長候補ということは、雲の上の存在を意味している。和音の組は連合の末端もいいところだし、自身にも出世の欲はなかった。当然、上層部の人事には興味がないし、この先も陽太と道が交わることはないだろう。

「同じヤクザ社会でも、天と地くらい世界が違うからなぁ」

何気なく漏らしてから、まるで自分が彼に未練たっぷりみたいじゃないかと、たちまち気まずくなった。しかし、心得た花房は揶揄するでもなく「そうですね」と答える。

「俺が『川田組』の事務所で囲まれた時、正直突破する方法はなくもなかったです。あの野郎が姑息《こそく》なクズだってのは先刻承知でしたし、ああいう展開もまるきり予測してなかったわけじゃありません」

「チカ……」

「けど、やっぱり力が違いますよ。あわやドンパチってところで、陽太が部下を引き連れて乗り込んできやがった。あいつ、涼しい顔で俺に言いやがったんです」

その時の状況を瞼《まぶた》に思い浮かべているのか、花房の微笑に苦みが混じった。

『肝を冷やさせて申し訳ありません。川田が尻尾を出すまで、邪魔するわけにはいかなかったものですから。花房さん、怪我はありませんか？』

落ち着き払った声音は低く、見返す瞳には余裕さえ覗かせている。

こいつは誰だ、と花房は真剣に思った。

ウザいほど和音を慕っている駄犬とは、どうしても同じ人物に見えなかった。

「ヤクザ稼業を嫌ってはいても、ガキの頃から人に傅《かしず》かれてきただけのことはある。慣れてやがるんですよ、他人を動かすことに。だから、命令することに躊躇がねぇ。あれは、一朝一夕で身に付くもんじゃないですからね」

「じゃあ、チンピラだった陽太は上手く化けてたってことか」

「さぁ、どうでしょう。人にはいろんな顔がある。あれはあれで、あいつの素顔だったと俺は思います。そうでなきゃ、藤波さんへの気持ちは何なんだって話じゃないですか」

「…………」

花房はそんな風に言うが、正直和音にはよくわからない。好きです、と真っ直ぐぶつかってきた陽太はどこかへ消え、もう帰ってこないような気がするからだ。三日間、彼が行方をくらませた間も不安はあったが、今の喪失感の比ではなかった。

「……なぁ、チカ」

「何でしょう」

「俺、陽太に惚れていたんじゃねぇかなぁ」

「それを、俺に訊きますか」

半ば呆れたように呟かれ、次いで沈黙が訪れる。おかしな質問をした自覚はあったので、和音も無理に返事を聞こうとは思わなかった。ただ、どんどん大きくなる胸の空洞を埋めるには、さっさと事実を認めてしまう方が良いと考えたのだ。

『もう、どうしようもなく……藤波さんのことが……好きで……』

泣きながら好きだとくり返した、あの陽太にもう一度会いたい。

図体のデカいチンピラ犬の方が、血統書付きの高級犬よりずっと愛《いと》おしかった。

「俺には、何とも言えませんが」

長い沈黙の末に、言葉を選びながら花房が言った。

「少なくとも、いっぺん野郎とちゃんと話すのがいいんじゃないかと思いますがね」

「今更かよ」

「けど、あいつが実家戻ってケジメつけたのは、藤波さんの隣に立つためだ。その気持ちに変わりがねぇなら、他のことはどうとでもなりますよ」

「チカ……」

決して、本心から勧めているわけではないのだろう。花房の苦々しい横顔が、如実にそれを物語っていた。けれど、常に彼が最優先しているのは和音の幸福だ。その願いの前には、己の欲望でさえ押し殺してしまうほどに。

「チカ、俺は……」

「たった二週間足らずですよ」

「え？」

「あいつが〝ケジメつけて帰る〟って言ってから、たったの二週間です。それで気持ちが変わるようじゃ、どのみち長続きなんかしませんよ。問題は藤波さん、あなたの方にあるんじゃないですかね。陽太の変貌《へんぼう》にビビッて、いつもは攻め気でガンガンいくところをブルっちまってんじゃないですか？」

「…………」

そうだろうか。

陽太は何も変わっていなくて、むしろ自分の方が変に構えてしまっているのだろうか。

「しかし、わかんねぇもんですね」

生真面目に考え込む和音に、花房がやれやれと表情を緩めた。

「俺は、藤波さんが十五の頃から見てきましたが……まさか、男に絆《ほだ》されるとはね。正直、それだけはないって思ってましたよ。ほんと、人生何が起こるかわからねぇなぁ」

「変なところで感心するなっ」

「でも、そういうことなんでしょう?」

「ど……どうだかな……」

まともに問い返され、らしくなく声が弱々しくなる。いずれにせよ、肝心の陽太を抜きでこれ以上話していても埒《らち》が明かないのは確かだった。

「けどよ、あいつは『六郷会』幹部として総長宅へ戻ったんだろ。次にいつ会えるか、全然わかんねぇじゃねぇか。こっちから会いたいっつって、ホイホイ会える立場じゃねぇし」

「そうですね」

「幹部連の前で正式に挨拶した以上、今までみたいなわけには……」

「かもしれませんね」

「……くそ」

ようやく「好きだ」と自覚したのに、逢瀬《おうせ》も儘ならないなんてありなのか。

悔しそうな和音を見て、花房は「藤波さんのそんな顔、初めて見ました」と笑った。

「お帰りなさい！　今日も一日、お疲れ様でした！」

「え……」

「藤波さん、なかなか帰ってこないから連絡しようかと思っていたんですよ。あ、夕飯はもう食べちゃいましたか？　〝作っても食わない〟って前に言われたけど、やっぱり一度くらいは俺の飯、藤波さんに食べてほしくて……藤波さん？」

「お……まえ……何で……」

玄関を開けるなり視界に飛び込んできた相手に、和音は空いた口が塞がらない。

ほんの少し前まで「次はいつ会えるのか」と憂えていた陽太が、胸当てエプロンをつけた格好でいそいそ出迎えてきたからだ。おまけに、いつかと同じように奥からは美味そうな匂いが漂ってくる。

「陽太……」

「合鍵、勝手に使ってすいません。でも、一刻も早く戻ってきたくて。あ、だけど花房さんが舎弟にしてくれたら、俺、ここにいるのはまずいんですかね。できるだけ藤波さんの側がいいんですけど、やっぱそれは……」

「陽太！」

「は、はいっ！」

軍隊でかけられる号令のように、和音の一声で陽太の背筋がビシッと伸びた。だが、顔つきは再会の喜びに緩んでおり、引き締めるそばから崩れていく。ニヤニヤすんな、と怒鳴りつけてやろうかと思ったが、和音の口からは自然と他の言葉が零れ落ちていた。

「……お帰り」

「藤波さん……」

「くそ、心配かけやがって、この駄犬が！」

言うが早いか、思い切り陽太にしがみつく。温かな身体に触れても、まだ現実のこととは思えなかった。力を入れたら消えてしまうのではないかと、和音の指が小刻みに震える。けれど、そんな不安を払拭《ふっしょく》するように陽太の腕がそっと背中に回ってきた。

「怪我……大丈夫ですか？」

「バカ野郎。そんなの、とっくに治ってるよ」

「お見舞いにも行けなくて、すいません。今日の幹部会まではバタバタ忙しくて、連絡もろくにできない状態で。……だけど、もう治っているなら大丈夫ですよね」

「え……」

何が、と訊き返そうとした時、彼の手に少し力が加わった。

ぴったりと身体が密着し、互いの鼓動が響き合う。どちらも同じ速いテンポで、忙しなく相手の胸を叩き続けていた。

「藤波さん、ただいまです」

「陽太……」

「……ただいま」

くすぐったそうな声音でくり返し、幸福そうな溜め息をつく。その音色に和音も笑み、陽太の首にかじりつくように腕を回した。

「ああもう、飯なんか後だ、後！」

「え？」

「おまえが戻ってきたんなら、やることは決まっててんだろ」

「え……え？　ちょ、ちょっと……」

パッと身体を離して彼の右手を摑むと、有無を言わさず引っ張っていく。何がなんだか、と面食らっている陽太を肩越しに振り返り「文句あんのか？」と睨みつけた。こっちはさんざんヤキモキさせられて、ストレスが限界まで溜まっているのだ。気が済むまで晴らさせてもらわなくては収まらない。

寝室のドアを開け、ためらいもなく中へ連れ込む。まだ状況が呑み込めないのか、陽太はおろおろと落ち着きなく周囲を見回していた。和音は一度彼の手を離し、ベッドサイドの照明をつけて端に腰を下ろす。それでも、陽太はなかなか近づいてこようとしなかった。

「おまえなぁ、ここまでお膳立てしてやってんのに、何だ、ふざけてんのか？」

「ふっ、ふざけてなんかないですっ」

「じゃあ、どうしていつまでもボーっと突っ立ってんだよ。まさか、飯作って終わりのつもりじゃねぇだろうな。てめ、まさか童貞か？」

「あ、いや……」

まいったなぁ、というように苦笑いを浮かべ、陽太はしばらく視線を彷徨《さまよ》わせる。それからちらりとこちらを窺い、逡巡した後でおそるおそる唇を動かした。

「その、ちょっと確認したいんですけど」

「ん？」

「藤波さん、もしかして俺と……寝てもいいって、そういうことですか」

「悪いかよ」

「え、あ、いや、悪くないです……つか、俺たちいつの間にそういう……」

話している間に混乱してきたのか、みるみる顔が赤くなる。しどろもどろに語尾を濁す陽太を見ていたら、たまらなく彼が可愛く見えてきた。和音はにんまり微笑むと、いいから来いとばかりに手招きをする。何かされるのでは、と警戒しつつ近づいてくる様子が、間が抜けていて可笑しかった。

「とりあえず、隣に座れ」

「……失礼します」

彼が畏《かしこ》まって腰を下ろすと、弾みでスプリングが深く揺れる。相手が細身の女なら、振動なんて微々たるものだ。やっぱり男なんだよなぁ、と妙に感慨深くなり、居心地の悪そうな横顔をまじまじと見つめてしまった。

「あのな、陽太。おまえ、俺のことが好きだろ？」

「好きです」

「じゃ、やろうぜ。単純な話じゃねぇか」

「だから！　何で途中を抜かすんですか！　藤波さん、俺に言ったじゃないですか。俺があんたに惚れていようが関係ないって。忘れたんですか！」

「怒んなよ……」

「別に怒ってないですけど！　でも……」

もどかしげに視線を逸らし、とうとう俯《うつむ》いてしまう。再会の喜びに一人でテンションを上げてしまったが、さすがに身勝手が過ぎたかと和音も反省した。確かに、前回彼と別れるまでは「好き」の「す」の字も言わなかったのだから戸惑われるのは当然だ。

「えーと……つまりだな」

「はい」

「おまえのことが」

「…………」

復活した陽太から、期待に満ちた眼差《まなざ》しが矢のように向けられる。もし彼にふさふさの尻尾があったなら、パタパタと大きく左右に揺らしていただろう。目に浮かぶようだと和音は思い、よりにもよって何でこいつなのか、と自問した。

（そりゃ、上等のスーツ着て廃工場に颯爽《さっそう》と現れた時は決まってたけどよ。でも、同じ男なんだからそんなのにときめいたりするわきゃねぇしな。つか、この冴えないエプロン姿の方が下半身にぐっとくるって、どういうことだよ。俺、所帯臭ぇオンナ大嫌いなのに）

だけど——嬉《うれ》しかったのだ。

これからどうやって会いに行こう、なんて考えていた時に、まるきり普段の顔で「お帰りなさい」と笑いながら出てきた。美味そうな匂い、あったまっている部屋。他人に求めたことなど一度もなく、むしろ嫌悪さえしていたそれらの事柄が、陽太の存在を示すものなのだと実感した途端、全部愛おしくなった。

「だから、つまりそういうことなんだよ」

「は？　いや、全然何も言ってないじゃないですか。そんな、一人で納得されても」

「うるせぇなぁ。ガタガタ抜かしてると、このまんま犯すぞ」

「えっ」

本気に取ったのか、瞬時に陽太が青くなる。

俺に抱かれるのはそんな嫌か、と和音は激しくムッとしたが、何か言う前に視界がぐるりと回転した。

「……え」

「藤波さんと寝られるなら、大きなこだわりはないです。ないです……けど」

「陽太……」

「やっぱり、俺が抱きたいです——あなたを」

熱い瞳で見下ろされ、ぞくぞくと肌が甘美に震える。

これだ、と和音は胸で呟いた。

スイッチが入った時の獣の目。陽太のその目が、自分を天国に落とす。

「好きだよ、陽太」

「………」

右手を伸ばして彼の頬に触れ、和音は生まれて初めての言葉を口にした。陽太は永遠に知らなくていいが、誰かに愛を告げたのは、今が人生最初の瞬間だった。

「おまえが好きだ。だから、おまえを俺にくれ」

「藤波さん……」

「和音、でいいよ。俺、この名前嫌いなんだけどな。でも、藤波さんじゃ色気ねぇだろ」

「いいん……ですか?」

「おまえに呼ばれていたら、そのうち慣れるさ」

へへ、と照れ隠しに笑った直後、目の端に雫が落ちてきた。ギョッとして見上げると、陽太がまた泣いている。子どものように大粒の涙を零し、彼はくしゃりと笑顔になろうとして失敗した。

「ちょ……すっげぇブサイクだな、おい。頼むから鼻水は垂らすなよ」

「すっ、すいません……でも、俺、こんなことあるんだなって」

「え？」

「和音さんのこと、諦めらんなくて……いろいろ始めようって、相応しい男になろうって決めたけど……やっぱ、男同士だし……望みないだろうって思うと、悲しくて……」

「泣くなって」

次々と降ってくる涙の雫に、和音の顔もびしょ濡れだ。しょうがねぇなぁと嘆息し、あやすように頭をかき抱いてやった。泣いている暇があったらやろうぜ、と思ったが、そこは慈悲の心で口にしないでおいた。

「好きです、和音さん」

涙に濡れながらくり返し、陽太が唇を近づけてくる。

両想いの口づけは、お蔭でとてもしょっぱかった。

「は……ぁ……っ」

荒い息遣いの中、性急にシャツの裾をたくし上げ、陽太の手が侵入してきた。

「……ッ」

女とは違う、大きくて無骨な感触。その指先が未知な快感を和音に与える。肌をまさぐるそれは意外にも繊細な動きで、巧みに欲望を煽っていった。

「ん……は……ぁ……」

柄にもなく緊張したのか、服を掴む指先が強張《こわば》る。それに気づいたのか、固くなった全身を慈しむように陽太の身体が優しく覆い被《かぶ》さってきた。

「重く……ないですか」

「バカ、これくらい」

「良かった」

薄闇に紛れて至近距離でかわされる会話は、それだけで感覚を刺激する。組み敷かれ、いつもとは逆の立場ということもあり、勝手のわからぬ戸惑いが和音を一層敏感にした。

鎖骨までシャツを押し上げられ、露わになった胸へ陽太が口づける。唇で乳首を食《は》み、尖らせた舌先を這《は》わせると、びくんと全身に痺《しび》れが走った。思わず「やめろ」と言いかけて、続く快感に息を呑む。浮き出た場所を丹念にねぶられ、声を殺すのが精一杯だった。

「……ぅ……く……」

「和音さん……」

「ふ……ッ……んん……」

目の眩《くら》むような刺激が、和音の身体を翻弄《ほんろう》する。動物が飢えを満たすように、陽太は夢中で肌にむしゃぶりついてきた。そこかしこに口づけられ、上気した部分が果実のように赤く染まる。ようやく彼が唇に辿り着き、互いに貪《むさぼ》るように吸い合った。

「ん……んん……」

舌を絡ませながら角度を変え、深く浅く口づける。その間に陽太の右手は太腿《ふともも》を撫《な》で、和音のベルトを外しにかかった。

「お……まえ、ためらいねぇな」

「ダメ……ですか」

何かに急《せ》き立てられるような動きに、呆れて和音が苦笑する。しゅんと陽太の手が止まり、眉根《まゆね》を困ったように寄せて見つめられた。そうだ、こいつは〝待て〟を覚えないんだっけ、と和音は嘆息し、最初は我慢してやるかと覚悟を決める。とにかく何もかもが未知数で、一度止まったら先へは行けなくなる気がした。

「いいよ。おまえの好きにすれば」

「和音さん……」

「おまえが触ると、何か気持ちいいし。細かいことは気にすんな」

「は……はい」

生真面目な返事に、うっかり噴き出しそうになる。だが、許しを得た陽太が大胆に指を動かし始めると、和音も悠長にはしていられなくなった。

「おま……どこ、弄《いじ》って……」

「でも、濡れてます」

「言うな……って……ッ」

直に触られた和音自身が愛撫《あいぶ》で昂ぶり、先走りの蜜《みつ》が陽太の手を湿らせる。お蔭で動きが滑《なめ》らかになり、絶妙なリズムで刺激を与えられた。

いつの間にか衣類は剝《は》ぎ取られ、羞恥《しゅうち》を覚える余裕もなく快楽に浸っていく。幾度も甘い目眩《めまい》が和音を襲い、淫《みだ》らな水音に身体がひくついた。

「あ……あ……」

まるで意思が繋がっているように、陽太は求める場所を暴いていく。焦《じ》れるような愛撫に乱れ、息が止まるほどの快感に落とされ、次第に意識が朦朧《もうろう》とし始めた。

「なんだ……これ……すげ……」

上ずる息の下、感嘆が零れていく。欲望を吐き出すためだけの行為が、こんなにも理性を蕩《とろ》かすものだとは思いもしなかった。

陽太の指が熱く潤《うる》み、その温度が心地好い。こうなると、互いを隔てる布がどうにも邪魔で仕方なかった。和音は強引に彼の服を引っ張り、脱げと無言で命令する。ようやく相手も

裸になると、程よく引き締まった肉体を絡めて満足の溜め息をついた。

「和音さん、最後まで……いいですか……」

ダメだとは言わせない、声の艶にぞくぞくする。

わかってやっているのなら、陽太も大したタマだと思った。

「和音さん……」

「ああもう、いいよ。わかったよ」

この先を想像することはできるが、はたして男の自分に受け入れられるだろうか。

和音は一瞬迷ったが、どのみち自分も陽太が欲しくて仕方ないのだ。それなら、こいつの好きにさせてやろうと決めた。

「こちとら暴力が生業《なりわい》だ。痛みなんか、慣れっこだよ」

「な、なるべく気をつけますから」

「うるせぇな。グダグダ言ってねぇで続けろ」

色気も吹っ飛ぶ睨みを利かせ、次の瞬間、和音はギュッと陽太にしがみつく。

「その代わり、約束だぞ。絶対、どこへも行くなよ……？」

「…………」

「わかったのかよ」

「――はい」

力強い返事の後、きつく抱き締め返された。

陽太の腕が和音を包み、二度と離すまいというように温度を上げる。溶け合う体温に身体を開きながら、和音は情熱の楔《くさび》をゆっくりと呑み込んでいった——。


陽太の祖父であり『六郷会』総長、六郷廣松から和音に手紙が届いたのは、それからしばらくしてのことだった。和音の側にいたいと言い張り、彼が再び居ついてしまったので、さぞ怒りの内容だろうと覚悟して開いたが、そこに書かれていたのは意外な言葉だった。

「要するに、不肖の孫を極道として鍛えてくれと。俺たちに、お目付け兼教育係になれと、そういうことですか。何を考えていやがんだ、総長は」

半強制的に陽太を舎弟にせざるを得なくなった花房は、非常に面白くなさそうだ。事務所で和音、陽太と三人で顔を突き合わせるなり、彼はグチグチと文句を言い出した。

「くそっ、俺も舐められたもんだ。役立たずの駄犬の世話、押し付けられるなんてよ」

「すいません……」

「廣松氏は俠気に溢れた極道の中の極道、と日向組長から聞かされていたが、孫のこととなると爺《じじ》バカを発揮《はっき》するんだな。チカ、こいつはトップシークレットだぞ」

「わあ、あの、すいませんっ」

自力で花房の舎弟になることを目指していた陽太は、思いがけない展開にひたすら恐縮している。だが、これで大手を振ってここに居られるとなったせいか表情は明るかった。

「言っとくがな、いくら幹部だからってここじゃ新参者扱いすんぞ。とりあえず、てめぇは一番下っ端だ。雑用から始めるんだな」

「はいっ。俺、雑用は得意ですっ。任せておいてくださいっ」

「陽太、そこは自慢するところじゃねぇよ」

「まったく……」

呆れる和音のツッコみに、花房がまた溜め息を漏らす。

彼も『川田組』関連の件で陽太が単なる駄犬ではないことはわかったようだが、極道としては半人前どころか三分の一人前にすら届いていない有様だ。先は長い、とウンザリしつつも、本心から嫌がっていないことも和音にはお見通しだった。

何故なら――。

「チカは、極道育てるのが趣味だもんなぁ？」

「よしてください。あなたは特別ですよ」

和音の冷やかしに顔をしかめ、彼は「見回りに行くぞ」とソファから立ち上がる。先日発覚した使い込みで、キャバクラの店長をクビにしたばかりなのだ。臨時で雇ったマネージャーはなかなか才覚があるが、一から指導している最中で気が抜けなかった。

「要するに、うちのシマじゃこういうちんまりした商売が主なんだよ。そこんとこ、ちゃんとわかってんのか。あァ？」

「大丈夫です！　俺、血生臭いことは苦手だし、人を殴ったりするのも得意じゃないんで」

「は？　寝ぼけたこと言ってんじゃねぇぞ、バカ。てめぇは、将来『六郷会』を背負う人間なんだぞ。関東指折りの暴力団を率いて、何が〝血生臭いことは苦手〟だ。ボケッ」

「すいませんっ」

何か言うたびに罵《ののし》られ、それでも陽太はイキイキとしている。以前の燻った翳《かげ》りはどこにもなく、自分の選んだ道をしっかり歩き始めた気概に溢れていた。

「そうだ、藤波さん。今晩は何が食べたいですか？」

「そうだなぁ。ちょっと冷えるから、鍋がいいかもな。おいチカ、おまえも食いに来い」

「……御免こうむります」

かつての和音からはありえない発言に、花房はドッと脱力したようだ。だが、新婚家庭の食卓に招かれるも同然な誘いに、いそいそ赴くヤクザはいないだろう。

「花房さん、これから啓ちゃんの店へ行くんですよね。マネージャー業、どうですか？　ずいぶんやり甲斐があるって、本人楽しそうにやってるんですけど」

「ああ、商売にも目端が利くし見どころあるぜ。ヤクザなんぞより、よほど向いてるよ」

「そうですか。良かった」

嬉しそうに陽太は笑い、見送る和音を振り返る。

「――藤波さん、行ってきます」

人前では下の名前で呼べないので、そこだけは残念そうだ。だが、万が一にも花房の耳に入ればそれこそ半殺しにされかねなかった。そんな彼の堪えている顔が、実は和音はけっこう好きだ。二人きりになった途端、「和音さん、和音さん」とウザいくらい連呼するところなど、まさしく犬呼ばわりされるに相応しい。

(まぁ、へたれなようでいて案外、スイッチ入るとすげぇかんな)

うっかり思考が不埒《ふらち》な方向へ逸れそうになり、いかんいかんと頭を振った。

とりあえず、夕飯は鍋だ。

それを食って腹いっぱいになったら、昴と約束しているクリスマスの算段について相談しよう。背中がむず痒《がゆ》くなるほど平和だが、いずれまた嵐はやってくる。その時、自分や花房が陽太をどれほどの男に仕上げておけるか、考えると今からわくわくする。

「おう、行って来い」

ニッと笑い返して、和音は右手を上げた。

ついでに、今夜は指先を舐めさせてみよう――と思った。

憂鬱なライオン

花房一華《はなぶさいちか》が初めて藤波和音《ふじなみかずね》と出会ったのは、二十一歳の誕生日だった。

高校をドロップアウトした後、『日向組《ひゅうがぐみ》』の組長に出会ってその俠気《おとこぎ》に惚《ほ》れ込み、何度となく食らった門前払いをものともせず、ついに組長宅で世話係として住むことを許された二年後のことだ。よく気のつく働きぶりと、空手と合気道によって培われた腕っぷしの強さを買われて、構成員に引き上げてもらったばかりの頃だった。

「街で拾った。まだ十五だそうだ。花房、面倒みてやれ」

まるきり犬か猫の子のように、組長から押し付けられた子ども——それが和音だ。恐ろしく綺麗な面《つら》をしていたが、同じくらい扱い難《にく》そうな目つきをしている。拾われた経緯は聞かされなかったが、どうせろくな話ではあるまい、と花房は思った。

「まさか、これ誕生日プレゼントじゃねぇだろうな」

とりあえず台所へ連れて行き、余り物でチャーハンを作ってやる。貪《むさぼ》るようにがっつく様子を呆《あき》れ顔で眺め、思わずそんな独り言が漏《も》れた。すると、少年は箸《はし》を動かすのを止め、好奇心にかられたのか目線を上げる。

「あんた、今日が誕生日なのか。何回目?」

「あぁ? 誰が〝あんた〟だ、コラ。口の利《き》き方、気をつけろ」

同時に手が出て、少年の横面を張り倒してやった。テーブルの茶碗が引っくり返り、チャーハンの残りが零れ出る。しかし相手はいっかな気にした風もなく、左頬《ほお》を赤く腫《は》らしたまま零れたチャーハンを手摑《てづか》みで口へ放り込んだ。これには、少々花房も驚かされる。

「ごちそうさま」

すっかり綺麗に食べ尽くしてしまうと、少年は満足そうに手を合わせた。着ている物も質素だがそんなに汚れてはいないし、髪の毛もきちんと襟足《えりあし》がカットされている。間違っても、ヤクザの家で厄介になる人種には見えなかった。そう、あくまで見かけだけは。

「おまえ、名前は？」

「藤波」

「バカ野郎、下の名前まで訊いてんだよ。藤波なんてんだ？」

「…………」

「シカトする気か？」

イラッとした花房は、もう一発殴ってやろうかと思う。だが、先ほどの光景がすぐ脳裏に蘇《よみがえ》り、たちまち獰猛《どうもう》な気持ちが萎《な》えてしまった。

このガキには、暴力の効力がない。殴ったところで、こちらの手が痛むだけだ。

「俺、あんまり自分の名前、好きじゃないから。藤波って呼んでくれれば」

「は？　罰当《ばち》たりなこと言ってんじゃねぇよ。いいから名乗れ、くそガキ」

「…………」

沈黙が長いせいか、罰当たりって、と口にしたそばから自分でこそばゆくなる。

未成年がこんなところまで流れてくるからには、親との関係が良好であるわけがない。死別か家出か虐待か、何にしても自分の名前が気に入らない程度には距離があるのだ。

花房は嘆息し、あれこれ訊《き》くのをやめた。自分も叩《たた》けば埃《ほこり》の出る人間で、今までもこれからも家族とは無縁の人生だ。もし身内と呼べる存在ができるとすれば、それは極道の世界でしかありえなかった。

「……和音」

質問したことすら忘れた頃、ポツリと少年が呟《つぶや》いた。

花房が想定したあらゆるヘヴィーな事情をよそに、女みたいだから、と彼は付け加えた。


「おい、チカ。俺の着替えは？」

風呂上がりで全身びしょ濡れのまま、腰から下にタオルを巻いただけの姿で和音がリビングに入ってくる。珍しくソファでうたた寝をしていた花房は、その声で瞬時に目を覚ました。

「藤波さん、もう少し拭《ふ》いてから出てきてください。それか、バスルームの呼び出しを押してくれりゃあ俺から行きますよ」

「バカ野郎、いくら呼んだっててめぇが来なかったんだろうが。何でもいいから、早いとこ着るもん寄越せ。風邪ひいちまうだろうが」

「すみません、すぐ」

どうも、寝入っていて気がつかなかったようだ。和音は髪の先から雫《しずく》を滴《したた》らせ、裸で仁王立ちしながらこちらを睨《にら》みつけている。まるで、この部屋の主は自分だとでも言いたげだ。実際は小一時間ほど前に突然押しかけてきて、有無を言わさずに風呂を貸せ、と言われたのだが、それにしても時刻は午前三時を回っている。

「ところで、藤波さん。何があったのか訊くのは……まぁ、野暮ってもんですか」

「わかってんなら、黙ってろ。男のおしゃべりは寿命を縮めるぞ」

買い置きの真《ま》っ新《さら》なTシャツとスウェットを差し出すと、和音は憮然《ぶぜん》と受け取った。その際、左の鎖骨付近に小さな赤い痕《あと》を花房は見咎《みとが》める。賢く黙っていたが、あれはどう見てもキスマークだろう。

「……ああ、さすがに下着はねぇか。ま、いいや。後で若いもんが顔を出したら、買いに行かせろ。そうだな、一週間分くらいは必要だな。ああ、何なら俺のマンションまで着替えと一緒に取りにいかせりゃ手間が省けるか。おい、チカ。そういうわけだから、よろしくな」

「はい？」

トントンと一方的に話を決められ、さすがに「わかりました」と即答はできない。現在、和音は恋人兼上司として末端構成員の霧島陽太《きりしまようた》と同居中で、いわゆる蜜月を味わっている最中だ。昨年の暮れに付き合いが始まり、半年を経た今も一向に冷める気配がない。そんな彼が一週間も家を出るというのは、当然陽太が原因に違いなかった。

「寿命が縮むのを承知で言いますが」

「うるせぇ」

「まだ、何も言っちゃいませんよ。藤波さん、もしかしなくても俺は痴話喧嘩《ちわげんか》に巻き込まれてるんですかね。陽太の野郎、何か粗相でもしやがりましたか？」

「……そんなんじゃねぇよ」

目の前で全裸になるのも厭《いと》わず、和音はさっさと着替えていく。彼が十五歳の時分からほとんど同じ屋根の下で暮らしてきたので、花房にとっても見慣れた光景だ。

しかし、恐らくは男に抱かれた直後であろう今は例外だった。いくらシャワーを浴びているとはいえ、和音の肌には生々しく愛撫《あいぶ》の痕跡が残っている。

（やれやれ……）

案の定、和音は何も語ろうとはしない。

居心地の悪さに耐えかねて、花房は酒でも飲むかとキッチンへ踵《きびす》を返した。

（駄犬の躾《しつけ》は、一朝一夕ってわけにゃいかねぇか）

他の人間ならどうとも思わないが、相手は手塩にかけて教育してきた、いわば弟のような存在だ。立場が上下に分かれてからは言葉や態度に出したことはないが、あまり心臓に良い眺めではない。己の容姿をあれほど嫌っていた和音が、まさか男に組み敷かれ、あまつさえ喘《あえ》がされているのだ。今まで想像すらできなかったが、現実なんだと溜《た》め息が出た。

（それにしても、陽太の野郎、迎えにもきやがらねぇのはどういう了見なんだ）

二人分のグラスとウィスキーのボトルを抱え、リビングへ戻る。和音はすっかり寛《くつろ》いだ様子で、ソファにのびのびと腰を下ろしていた。

「おぅ、気が利くな。おまえんとこは、いい酒が置いてあるから助かるぜ」

「ツマミが何もありませんが、作りましょうか」

「いいよ。うちのナンバーツーを働かせちゃ、心苦しいってもんだ。おまえ、身の回りのことはどうしてんだ。若いもん、住まわせてねぇんだよな」

「地味に、自分でやってますよ。どうせ、家には寝に帰るだけだ。うちの若い衆は血の気が多くて喧《やかま》しい奴らばっかりで、四六時中側にいられちゃ病気になっちまう」

「ひどい言い草だな。おまえのこと、皆あんなに慕ってんのに」

温《ぬる》いウィスキーを無骨に注いだグラスを、くっくと笑いながら和音は傾ける。僅か三十人余りの構成員を従えた小さな組だが、『六郷会《ろくごうかい》』総長の孫息子である陽太を預かりにしたことで上層部の面々に一躍その名前が有名になった。お蔭で、血気盛んな連中はやたら張り切っているのだ。これを機にシマをでかくしましょうと、連日のように和音へ迫ってくる。

「けど、チカがいてくれるんで先走る奴はいねぇ。有難いよ」

「何ですか、いきなり」

「おまえも知ってる通り、俺は組織を束ねていく柄じゃねぇからよ。今以上に規模がでかくなっちまったら、きっと目が行き届かなくなって破たんする。でもよ、陽太を預かってる以上、これまでと同じってわけにはいかなくなるだろ」

まだ酔いも回っていないだろうに、和音は珍しく饒舌《じょうぜつ》だ。単なる痴話喧嘩の巻き添えかとやや軽く捕えていた花房は、意外な展開に少し気を引き締めた。

「藤波さんは、自分を過小評価してますよ」

「ウン？」

手の中でグラスを弄《もてあそ》びながら、しどけなく和音がこちらを見る。陽太という恋人を得て、彼はこれまでになかった艶《つや》を滲《にじ》ませるようになった。無自覚なので質《たち》が悪いが、花房も不謹慎な鼓動を何食わぬ顔で押し殺す。

「あんたは、自分で考えているよりずっと器がデカい。何より、信頼した相手を裏切るってことをしない。今日び、それだけでも人の上に立つにゃ充分です」

「それは……」

「はい」

深々と頷《うなず》く花房に向かって、和音はあっさりと答えた。

「それは、おまえの仕込みの成果だろう。俺は、もともと他人なんか信用しちゃいねぇ。けど、それじゃ生きていけないって教えてくれたのはおまえだ、チカ」

「………」

「おまえは、俺が生まれて初めて信用した人間だしよ」

続く言葉には、さすがに微《かす》かな照れが混じる。すぐさま視線は外され、花房は照れ隠しにグイグイとウィスキーを呷《あお》る和音をただ呆然と見つめていた。

二十一歳の誕生日に出会って、それからずっと一緒だった。

クソ生意気な物怖《ものお》じしないガキで、組長に言われてなかったら何度愛想を尽かしかけたか知れない。幼いくせに捕えどころがなく、凶暴かと思えば妙にしおらしく、和音という人間には今日までさんざんに振り回されてきた。

（まいったな……）

十年以上になる歳月のあれやこれやが脳裏を巡り、花房は返事ができなくなる。普段、こんな感傷めいた気持ちになど滅多にならないので、そんな自分が気味悪くもあった。

「チカ……？」

「……あ」

気がつけば、和音の訝《いぶか》しむ顔がすぐ間近にあった。我に返った花房は、伸ばしていた右手を急いで引っ込める。まだ湿っている前髪を、無意識に指先で触れようとしていた。

「すいません、つい……」

「ああ、まだ乾いてねぇからな。んじゃ、ちょっくらドライヤー借りるわ」

空になったグラスをテーブルに置いて、和音が機敏に立ち上がる。それが口実でしかないことは、お互いによくわかっていた。そんな風に、自分たちは注意深く距離を測ってきたのだ。近づきすぎず、離れすぎず、できるだけ長く一緒にいるために。

まさか、その間にチンピラ犬が猛進して、攫《さら》っていってしまうとは夢にも思わなかった。

「……なんてな」

苦々しく笑みを刻み、一人残された花房は小さく呟く。仮に陽太の存在がなくても、結果はきっと同じだった。自分には和音を抱く勇気はないし、和音もきっと同じだろう。一度も欲望を感じなかったと言えば嘘《うそ》になるが、それは永続する想いとは種類が違う。

バスルームから、ドライヤーの音が聞こえてきた。花房は安堵《あんど》し、もう一度大きく溜め息をつく。温いウィスキーの芳香が、からかうように鼻先を掠《かす》めていった。

――と。

『あの！　すみません、夜分に！　ていうか明け方に！』

マンションのエントランスのインターフォンが鳴り、花房が出るなり液晶画面いっぱいに情けない顔が映る。陽太だ。遅《おせ》ぇんだよ、と舌打ちをし、物も言わずに応答を切った。すると、数秒もたたずにまたベルが鳴り、おろおろと狼狽《ろうばい》する姿が再び視界に入る。

『花房さん、切らないでください。前は、俺だって確認する前にすぐ入れてくれたじゃないですか。あの、和音さん、来てないですか。もしいるなら代わって……』

「藤波さんなら取り込み中だ。今、風呂場だからよ」

『えっ！　な、何でお風呂に！　さっき一緒に入ったばっか……』

皆まで聞かずに、もう一度切る。

成る程な、と納得したところで、背後から和音が近づいてきた。

「入れてやれ」

「いいんですか？」

「………」

わざと訊き返したら、無愛想に黙り込んでしまった。しかし、ここで花房が拒否しても陽太は何らかの手段を使って絶対に乗り込んでくるだろう。あの駄犬は、おかしなところで根性を発揮するのだ。仕方なくロックを解除してやると、見えない尻尾《しっぽ》を千切れんばかりに振りながら「ありがとうございます！」と叫ばれた。

要するに、と何杯目かのグラスを空け、少しも酔えない頭で花房は言った。

「一緒に風呂入って盛り上がっている最中に、陽太が失言かましたと。それで藤波さんは怒り狂って陽太を殴り飛ばし、その足で俺んとこへタクってきた……」

「ああ。お蔭で湯冷めしちまったんで、もう一回風呂を借りたんだよ。おまけに、こいつは迎えにくるどころか、追いかけてもこねぇし。とんだ軟弱野郎だぜ」

「そんな……無茶言わないでくださいよ。和音さんに殴られて、俺、ずっと気絶してたんですよ？　危うくバスタブで溺《おぼ》れるところだったし、お湯がもう血の海で……」

「マジか？　てめぇの鼻血で溺死できるなんて、人間びっくりショーに出られんぞ？」

「和音さん、本気で言ってます？　俺が、貴方《あなた》を残して死ぬわけないじゃないですか！」

心外な、と血相を変え、陽太がソファから立ち上がる。

「言っときますけど、俺は本気だったんですよ！　頭に血が上って、考えもなく口走ったわけじゃないんです！　それなのに、何が人間びっくりショーですか！」

「うるせぇな、てめぇは。冗談もわかんねぇのかよ」

「そろそろ、不毛な会話はその辺で」

とっとと追い返せば良かったと後悔しつつ、花房が会話に割って入る。先ほどの微妙な空気はどこへやら、やはり単なる痴話喧嘩の巻き添えだったようだ。それで良かったんだと思う一方で、一抹の淋しさを感じる自分に苦笑した。

「俺はまだまだ半人前です。目標にしている花房さんには、極道として遠く及びません」

「おまえの口から〝極道〟とか聞くと、違和感がハンパねぇな」

「だから、和音さんは黙っててくださいって。俺は、花房さんに話しているんです」

「へ……？」

意外な一言に、和音だけでなく花房も面食らう。おいおい、俺は関係ねぇだろうと引きかけたが、陽太の真っ直《まっす》ぐな視線がそれを許さなかった。

極道どころかチンピラとしても三流で、お世辞にも頼もしいとは言えない駄犬。実は筋金入りの純血種だったとわかった今も、見た目や言動には何ら変化がない。

それなのに、花房は彼の目が苦手だった。

『川田組』に部下を連れて乗り込んできた時、陽太が垣間見《かいまみ》せた瞳の強さは紛れもなく本物だったからだ。祖父の血が伊達《だて》ではないと思わせる狂気と、それ以上に強靭な意志の力を感じる目。あれは、彼の持つ未知数な可能性の高さを窺《うかが》わせる。

「花房さん、俺、和音さんに〝ずっと一緒にいます〟って言ったんです。そうしたら、手加減なしで殴られました。今までも似たようなことは何回も言ってきたのに、何でか急に怒り出して……でも、あれは掛け値なしの本心です。俺は、和音さんと一緒に……」

「だから！　そんなのわかんねぇって言ってんだろが！」

「和音さん……」

たまりかねたように、和音が口を挟んできた。花房が見たこともない、ひどく頼りない目つきをしている。十五のガキの頃だって、彼はこんな顔はしたことがなかった。

「おまえがバカの一つ覚えみたいに〝一緒、一緒〟ってはしゃぐたんびに、こっちはこの辺がキリキリすんだよ。『六郷会』の跡取りが、気楽にそんなセリフ吐いてんじゃねぇよ！」

「この辺って……心臓……」

「ああもう、苛々《いらいら》すんなっ。とにかく、俺に期待をもたせるな。そんなもん、何の腹の足しにもなんねぇんだっ。おまえは、黙って俺の後をついてくりゃいいんだよ！」

「和音さん……！」

陽太が屈《かが》み込み、思い切り和音を抱き締める。腕の中に閉じ込め、洗いたての髪に顔を埋《うず》めて、彼は何度も「ついていきます」とくり返した。

「大丈夫です。何があっても、俺は和音さんについていきます。〝ずっと〟も〝一緒〟も嫌なら言わないけど、でも心の中では言い続けます。牙《きば》を磨いて、いつか花房さんみたいに役に立てるようになります。だから……帰りましょう」

「陽太……」

感動的な場面なんだろうが、完全に花房の存在は度外視だ。よそでやってくんねぇかな、と嘆息しつつ、いつしか笑いがこみあげてきた。

「何だよ、チカ。笑ってんじゃねぇよ」

早速気づいた和音が、きつく睨みを利かせてくる。だが、陽太が一向に腕から離そうとしないので、甚《はなは》だ迫力には欠けていた。

「すいません、藤波さん。けど、これぱっかりは……」

自分が精力を傾けて極道として育てた男が、少女マンガよろしくのラブシーンを繰り広げていると思うと、後は笑うしかないではないか。他人を信用しない、一人で生きていく方が気楽だ、と何の感慨もなく口にした少年は、もうどこにもいなかった。

「胸糞《むなくそ》悪ぃな。おい、陽太。帰るぞ。いい加減に離せ」

「お気をつけて」

陽太をしがみつかせたまま、和音が重そうに腰を上げる。そんな彼らを見送りながら、花房は今度は意図的に右手を伸ばした。指先が和音の前髪に触れ、束《つか》の間、動きを止める。

「──俺も、あんたについていきますよ」

真摯《しんし》な響きに和音は目を見開き──「当たり前だ」と不敵に笑い返してきた。

あとがき

　こんにちは、神奈木です。このたびは『チンピラ犬とヤクザ猫』を読んでいただき、どうもありがとうございました。今作は珍しくタイトルから先にできたもので、それも遡ること数年前になります。当時のツイッターで雑談の際、ふと浮かんだ単語をメモしておいて、いつか使おうと思っていたのでした。今回、イラストが三池ろむこ様だと伺ってすぐに「ついに出番だわ」と決めてしまったのですが、内容を考えるのも実に楽しい作業でした。相変わらずのユルい極道物ですが、少しでも楽しんでいただけたら幸いです。

　さて、いきなりですが私はエリート経済ヤクザより、場末のチンピラが好きです。お金もないし権力もないし、うだつの上がらないしょうもない存在の彼らが、集ってウダウダやっているような話なんか大好物です。でも、あまりにも夢がなさすぎるせいか、なかなかBLで書く機会がありませんでした。それでもいつかはと妄想を膨らませ、ようやく念願叶ってのヘタレチンピラ攻めが誕生したわけですが、当初よりもずいぶん柄の良い子になってしまいました。もっと無駄吠えする、誰にでも突っかかるようなのも考えましたが、それだとヤクザ猫の和音に半殺しにされて話が終わってしまうのでやむを得ず（笑）。でも、これはこれでなかなか書いていて新鮮でした。受けに迫りながらボロボロ泣く攻めなんて、そうそう書く機会はありませんし。対する和音も、花房の補佐あってこそ何とか体面を保てているヤクザなので、微妙に正統派とは言い難いかもしれません。本来、猫は群れないしね。けれど、やはり彼も非常に書きやすかったです。欲望に忠実って素晴らしいな！

もともと、「ヤクザ猫」という呼称は我が家の八歳になる飼い猫に使っているものです。和音のモデルというわけではもちろんありませんが（猫だし）、性格が本当に凶暴で大人になった現在でも私は生傷が絶えません。一時は躾けようとあれこれ試みもしましたが、まったく効果がないので諦めました。荒ぶる様子が時々ブログやツイッターのネタになってくれますが、文字通り身体を張っている状態です。お蔭で、ブログの検索ワードにもとうとう「ヤクザ猫」が入るようになりました。そんな彼にも一年ほど前に弟分ができ、こっちはもうお愛想のカタマリのような気良しな猫です。今作の執筆中、無邪気にじゃれ合う二匹には大いに癒してもらいました。この場を借りて、彼らにもお礼を言っておきます。

そうして、何よりもイラストの三池ろむこ様に心からの感謝を。今回、私の不徳の致すところで多大なご迷惑をおかけしてしまいましたが、理想通りの和音と陽太がラフで届けられた時は本当に感激しました。和音のきつくて美人なところ、陽太のへらっとしていつつ何かデカいことやってくれそうな雰囲気、まさしく「これこれ！」と興奮した次第です。表紙の構図もカッコよくて、今から出来上がりを見るのが楽しみで仕方ありません。いろいろと、本当にありがとうございました。今後も一ファンとして作品を愛読しつつ、ますますのご活躍を応援しております。

それから、いつもお世話をかけている担当様。発刊にあたってご尽力いただき、どうもありがとうございました。いつか恩が返せたら、と望みを抱きつつ幾星霜な自分が情けなくもありますが、これからも頑張りますのでよろしくお願いします。

最後に、お手に取ってくださった読者様。いつもの方も初めましての方も、もし何かお心に触れる場面などありましたら、ぜひお声をお聞かせください。いただいた感想が、次作への何よりの励みとなります。そうして、これからもよろしくお付き合いいただけると嬉しいです。今後もマイペースで頑張っていきますので、店頭などで名前を見かけたら手に取ってやってくださいね。

それでは、またの機会にお会いいたしましょう——。

https://twitter.com/skannagi（ツイッター）http://blog.40winks-sk.net/（ブログ）

神奈木　智拝

✦初出　チンピラ犬とヤクザ猫……………書き下ろし
憂鬱なライオン……………………書き下ろし

神奈木智先生、三池ろむこ先生へのお便り、本作品に関するご意見、ご感想などは
〒151-0051 東京都渋谷区千駄ヶ谷 4-9-7
幻冬舎コミックス　ルチル文庫「チンピラ犬とヤクザ猫」係まで。

幻冬舎ルチル文庫

チンピラ犬とヤクザ猫

2013年4月20日　第1刷発行

✦著者	神奈木 智　かんなぎ さとる
✦発行人	伊藤嘉彦
✦発行元	株式会社 幻冬舎コミックス 〒151-0051 東京都渋谷区千駄ヶ谷 4-9-7 電話 03(5411)6432[編集]
✦発売元	株式会社 幻冬舎 〒151-0051 東京都渋谷区千駄ヶ谷 4-9-7 電話 03(5411)6222[営業] 振替 00120-8-767643
✦印刷・製本所	中央精版印刷株式会社

✦検印廃止

ISBN978-4-344-82645-8　C0193　Printed in Japan